高家表裏譚3

結盟

上田秀人

角川文庫
22605

目次

主な登場人物

吉良《きら》三郎義央《さぶろうよしなか》……高家の名門・吉良家の嫡男。吉良家を継ぐため、高家見習いとなる。

吉良義冬《よしふゆ》……左近衛少将。高家・吉良家の当主で三郎の父。

徳川家綱《いえつな》……徳川第四代将軍。

酒井忠清《ただきよ》……老中。酒井忠勝から酒井雅楽頭《うたのかみ》家の頭領を継ぐ。

毛利綱広《つなひろ》……長門守。長州藩二代目藩主。毛利元就《もとなり》の子孫を自負する。

近衛基熙《このえもとひろ》……権中納言。五摂《ごせっ》家筆頭の近衛家の若き当主。

小林平八郎《へいはちろう》……父の平右衛門とともに吉良家に仕える。三郎の側役で剣の使い手。

第一章　前例不在

一

江戸《えど》城黒書院《くろしょいん》下段《げだん》の間が静まりかえった。

「……まことか」

老中《ろうじゅう》酒井《さかい》雅楽頭《うたのかみ》忠清《ただきよ》が高家《こうけ》戸田《とだ》土佐守《とさのかみ》氏豊《うじとよ》に驚愕《きょうがく》を露《あら》わにしながら、確認を求めた。

「これに」

戸田土佐守が見事な塗りの文箱《ふばこ》を酒井雅楽頭へ向けて差し出した。

「開けよ」

酒井雅楽頭が側に控えていた御用《ごよう》部屋坊主へ命じた。

「はい」

しずしずと膝《ひざ》で近づいた御用部屋坊主が文箱を縛っている紐《ひも》を解《ほど》き、なかから書状を取り出して、酒井雅楽頭へ捧《ささ》げた。

「…………」

無言で受け取った酒井雅楽頭が書状を開いた。

「……むっ」

すぐに酒井雅楽頭がうなった。

「従四位下《じゅしいのげ》侍従《じじゅう》並びに上野介《こうずけのすけ》……」

酒井雅楽頭が息を呑《の》んだ。

「…………」

戸田土佐守がうなずいた。

明暦《めいれき》三年（一六五七）秋、幕府は例年通りの任官を朝廷へと求め、その使者として高家戸田土佐守が上洛《じょうらく》、任を果たして帰府した。

当然、重い役目を終えたのだ。その報告を四代将軍家綱《いえつな》にしなければならないが、いきなりは準備もありできなくなっている。

まずは当番あるいは月番の老中との打ち合わせが要った。

もともと幕府の求める任官は、朝廷からすれば令外《りょうげ》とされ、参議《さんぎ》だからといって朝議に参加するわけではないし、大膳大夫《だいぜんだいぶ》だからといって参内した公家《くげ》の食事を調えるわけではない。まさに名前だけであり、朝廷からすれば任官のお礼としてもらえる金が大事といった儀式でしかなかった。

とはいえ、すべてが認められるわけではない。まれに公家や朝廷を怒らせ、任官を拒まれたり、望んだ官職ではなく別のものに変えられたりということがある。

それをあらかじめ確認しておき、将軍が任官の証書に花押《かおう》を入れられた後で文句が出ないように根回しするために老中との内談がおこなわれた。

「先祖代々の弾正《だんじょうの》忠《ちゅう》をお願いいたしましたが、いただいたのは主膳正《しゅぜんのかみ》でございました。なぜでございましょう」

もらう大名にしてみれば、望んだものでないと恥を掻《か》く。

「祖父どのも、父御も弾正忠であられたのに、ご当代どのは違うの」

「武方ではなく、裏方のお役目とは」

官職は名乗りとして使われる。違うものを与えられたからといって、隠すことはできなかった。

「主膳正、参れ」

将軍、老中などがそう呼ぶのだ。仲間内ならばまだしも、聞こえないふりなどできるはずもない。

そうならないように思惑の外れた大名や旗本にあらかじめ手を打つ。そのための打ち合わせで、戸田土佐守がとんでもない話を酒井雅楽頭へと告げたのだ。

「吉良左少将《きらさしょうしょう》の嫡男三郎《さぶろう》は、従四位下侍従兼上野介に任じられましてございまする」

「馬鹿なことを申すな。吉良の嫡男は上様へのお目通りをすませ、高家見習いとして登城をしてはおるが、まだ家督を継いだわけでもなく、表高家に昇格もしておらぬ。部屋住みの身同然ぞ。その者に従四位下など……」

酒井雅楽頭が信じられないと首を横に振った。

「偽りではございませせぬ」

戸田土佐守が朝廷から下された除目《じもく》の認定が入った文箱を差し出した。

「たしかに吉良は、名門中の名門ではあるが、乱世を生き残れず、今では大名ですらないのだぞ。その当主ならばまだしも、嫡男に侍従とはあまりに高い」

もう一度酒井雅楽頭が納得いかないと言った。

高家は武家の名門である。いや、武家ばかりではない。公家出身の高家もいる。

事実戸田土佐守は公家の六条家《ろくじょう》の出であり、他にも日野《ひの》家は藤原北家《ふじわらほっけ》の分流であった。

それら名門でようやく従四位下、その他となると従五位下は普通である。従四位などとても家督相続前の嫡男が届く位階ではなかった。

「事情はわかっているのだろうな」

朝廷が要求もしていないのに、吉良三郎へ従四位下を与えた裏を酒井雅楽頭が戸田土佐守へ問うた。

「それが……」

ちらと戸田土佐守が酒井雅楽頭を窺《うかが》うように見た。

「……そなたら席を外せ」

その合図に気付いた酒井雅楽頭が、他人《ひと》払いを命じた。

「はっ」

同席していた右筆《ゆうひつ》、御用部屋坊主らが次の間を出ていった。

「これでよいか」

「畏《おそ》れ入りまする」

手間をかけたことを戸田土佐守が謝した。

「話せ」

「数年前、五摂家《ごせっけ》近衛《このえ》家の当主が江戸へお忍びで来られたという噂がございました」

戸田土佐守が言った。

「聞いたことはある。だが、近衛の当主ともあろうお方が、触れもなく江戸へ下向されるなどありえまい」

酒井雅楽頭が首をかしげた。

「事実でございまする」

「なんとっ」

告げた戸田土佐守に、酒井雅楽頭が絶句した。

「ときは後光明《ごこうみょう》天皇さまがお隠れになられる寸前のことでございまする。後光明天皇さまは日嗣《ひつぎ》の御子《みこ》として弟君の識仁《さとひと》皇子さまをとご希望なさいましたが、識仁皇子さまはときにご当歳、とても至高の座に君臨なさることは叶《かな》いませぬ。しかし、後光明天皇さまのご意志に背き奉るは朝臣としていたすべきではない。そこで幕府へご内意を報《しら》せるための使者として近衛さまが密《ひそ》かにお運びになられたのでございまする」

「密かになどあり得ぬ。朝廷の使者として近衛さまがお出になるならば、堂々と江戸城へお見えになるはずである」

酒井雅楽頭が怪訝《けげん》な顔をした。

「御老中さま」

戸田土佐守が表情をなくした。

「なんだ、土佐守」

その変化に酒井雅楽頭が目を剝《む》いた。

「もし、近衛さまが正式なご使者として江戸城へお見えになり、識仁皇子さまにご皇統をとお話しになられたら、どうなさいまする」

「むっ……少なくとも他にお方はと申しあげるであろうな」

さすがに産まれたばかりの天皇はどうかと酒井雅楽頭が答えた。

「幕府が朝廷の要求を撥《は》ねのける」

「撥ねのけるわけではない。他の方がよろしいのではないかと申しあげるだけだ」

「……………」

あきれた顔で戸田土佐守が酒井雅楽頭を見た。

「なんだ」

「勅意でございますぞ」

戸田土佐守が告げた。

「…………」

今度は酒井雅楽頭が黙った。

「勅意は、敬ってお受けすべきものでございまする。それを相談という名目でとはいえ拒んだ。これの意味するところをおわかりでございましょうか」

「わかっておるわ」

不機嫌そうに酒井雅楽頭が言った。

「幕府が朝廷を抑えている。今さらではないか」

酒井雅楽頭が嘯《うそぶ》いた。

「たしかに朝廷の費えは幕府が担当しておりまするが、それはときの天下人が担うべきことでございまする」

「ならば問題なかろう」

「いいえ」

それがどうしたと言う酒井雅楽頭に、戸田土佐守が大きく首を振った。

「朝廷の権威を削る。それは返す刀で幕府をも傷付ける行為でございまする」

「なぜ、幕府が傷つくのだ」

酒井雅楽頭がふたたび怪訝な顔をした。

「将軍は朝廷から任じられるものでございまする」

「……朝廷の価値が低くなれば、将軍の権威も下がるか」

名門のお陰で出世しやすいとはいえ、さすがは老中になるだけのことはある。酒井雅楽頭が気付いた。

「だが、認められまい。当歳のお方を主上とするなど、他の大名どもに示しが付かぬ」

幕府は大名の代替わりを厳しく規制してきた。

跡継ぎがなければ改易、いても届けが出ていなければ潰《つぶ》す、届けが出ていても七歳に達していなければ認めぬ。

こうして幕府は大名の数を、とくに将来の禍根となりそうな外様《とざま》大名を減らしてきた。

「主上は別である」

たしかに言いわけとして天皇家というのは、最強である。しかし、規律は例外を設けた段階で崩れ始める。

役人たちが例外を認めないのは、それが蟻の一穴になるとわかっているからだ。

「それに勅意を否定したところで、朝廷はなにも出来まい」

酒井雅楽頭のいう通りであった。幕府から禄《ろく》を与えられている公家、宮中経費を賄ってもらっている御所《ごしょ》、そのどちらもが幕府の機嫌を損ねることを避けたがっている。

「なにも出来ませぬ。ですが、それはなにもしないことに繋《つな》がりまする。将軍宣下《せんげ》もおこなわない、いえ、本家ではなく御三家に征夷大将軍《せいいたいしょうぐん》を預ける。征夷大将軍では、都合が悪いというならば、右近衛大将《うこんえのだいしょう》、征東《せいとう》大将軍でもかまいませぬ。他に幕府を開ける者を生み出せば……」

戸田土佐守が首を左右に振った。

「徳川家を割る……」

聞いた酒井雅楽頭が啞然《あぜん》とした。

幕府は徳川家が世襲していく。それは決まりである。その決まりを破る者を幕府は許さない。だがそれは、徳川家康《いえやす》の血を継いでいる者には将軍たる資格があるということでもあった。

「征夷大将軍は一人、ですが、近衛大将は左右で二人。征東大将軍、鎮西《ちんぜい》大将軍など、大将軍は他にもございまする。尾張《おわり》に征東大将軍を水戸《みと》に鎮西大将軍を与えれば、江戸を攻めるだけの名分になりましょう」

「そのようなこと京都所司代《きょうとしょしだい》がさせぬ」

戸田土佐守の言い分を、酒井雅楽頭が否定した。

京都所司代は、その名の通り京都を抑え、西国大名を見張る役目である。言うまでもなく、徳川家に忠実な譜代《ふだい》大名のなかから選ばれた。

「京都所司代が、御三家の方々に与《くみ》しないと言えまするか」

「……………」

疑う戸田土佐守に、酒井雅楽頭が黙った。

「ただ、そうなれば天下はふたたび乱れまする。戦火は天下に拡がり、洛中は灰燼《かいじん》に帰す。地獄の再来とならぬよう、近衛さまはお忍びで江戸へお出《い》でになり、吉良家と話し合われた。その結果、後光明天皇さまのご崩御の後、識仁皇子ではなく、後西《ごさい》天皇さまがご即位になられた」

戸田土佐守が述べた。

「吉良か」

「……………」

声を上げた酒井雅楽頭に戸田土佐守が無言で肯定した。

「上洛いたしまして、五摂家方へご挨拶《あいさつ》を……」

高家の役目は幕府の品位を保つことであるだけでなく、朝廷との折衝も入る。なかでも朝廷を牛耳っているといえる五摂家とのかかわりは、格別に重要であった。そのため上洛した高家は、音物《いんもつ》を持って五摂家を訪れ、その機嫌を取り結ぶ。

戸田土佐守も旅塵《りょじん》を払い、疲れを取るなり五摂家廻《まわ》りをした。

その最初が皇別《こうべつ》家とも呼ばれる近衛家であった。

「お邪魔するなり、近衛さまのお目通りが許され、そこで……」

戸田土佐守がその場でのことを語り始めた。

「そちは吉良の三郎を存じおるか」

「高家見習いを務めておりまする吉良左少将が嫡男のことでございましょうや」

「つつがなくいたしおるか」

「おかげさまをもちまして」

「それは重畳《ちょうじょう》じゃ」

近衛権中納言基熙《ごんのちゅうなごんもとひろ》が満足げに首を縦に振った。

「ご無礼をお許しいただきますよう」

「なんじゃ」

ようやく十歳になったばかりの近衛基煕が、威厳を見せて戸田土佐守の発言を認めた。

「畏れながら、権中納言さまは吉良の三郎とご面識がおありなのでしょうや」

「三郎と面識か。あるぞ」

「それはいつのことでございましょう」

戸田土佐守が顔色を変えた。もし、三郎が上洛して近衛基煕と会っていたとなれば、それは無断出府という罪になる。

「いつかは言わぬ。どこでとも言わぬ。言えば、大事になるゆえの」

「大事でございまするや」

「ああ、大名が一つ吹き飛ぶぞ。いや、将軍が隠居せねばならぬことにもなる」

「……それほどの。お聞かせいただくわけには……」

戸田土佐守が食い下がった。

「知らぬほうがよい」

冷たく近衛基煕が手を振った。

「ただ麿《まろ》は三郎によって生きながらえたことは確かである。そして麿と三郎は朋友」

「朋友……」

「もし、三郎の身になにかあれば、麿は怒るぞ。それだけは知っておけ」

近衛基熙が戸田土佐守に厳しい顔で告げた。

「……なんと」

戸田土佐守の話を聞いた酒井雅楽頭が啞然とした。

「今回の除目は、近衛さまの礼……か」

「いかがいたしましょうぞ、御老中さま」

驚愕している酒井雅楽頭に戸田土佐守が問うた。

「そなたはなにもするな。すべて御用部屋で対処する。よいな、誰にも話すな」

「はい」

老中の権威は御三家を上回る。高家も旗本第一の権門ではあるが、老中の足下にも及ばない。

戸田土佐守はおとなしく頭《こうべ》を垂れた。

二

急ぎ御用部屋に帰った酒井雅楽頭は、阿部豊後守忠秋《あべぶんごのかみただあき》、松平伊豆守信綱《まつだいらいずのかみのぶつな》ら老中を集めた。

「他の者は出よ」

酒井雅楽頭が険しい顔で下役たちを追い出した。

「火鉢ではいかぬのか」

松平伊豆守が驚いた。

御用部屋の中央には、畳一畳に及ぼうかという大きさの火鉢が据えられていた。もっとも火鉢でありながら、火が入ることはほとんどない。

この火鉢は、密談の道具として置かれていた。

火鉢に入れられている灰の上に、火箸《ひばし》で文字を書く。声に出さずに意思を共有できるうえ、終わった後は灰をならせば、そこに何と書かれていたかはわからなくなる。

また、火鉢は普段から多用されている。二人の執政だけのときもあれば、すべての老中が集まるときもある。

つまり火鉢を使うのはごく当たり前のことで、老中の御用部屋に入れる右筆、御用部屋坊主も気にしない。

まさに執政にとって、火鉢は有用な道具であった。

その火鉢を使わず、他人払いを命じた。

言わずともどれほど重要な案件なのか、右筆や御用部屋坊主に教えるも同然である。それを松平伊豆守はうかつだとして、たしなめるような口調で酒井雅楽頭に問いかけたのであった。

「話を聞いてからに願いたい」

事情説明は話をすることですまされると、酒井雅楽頭が松平伊豆守を制した。

「ふむ」

三代将軍家光《いえみつ》の股肱《ここう》の臣、知恵伊豆とまで言われた松平伊豆守が、それ以上言わずに引いた。

「ご一同、先ほど高家の戸田土佐守から……」

酒井雅楽頭が戸田土佐守から受けた説明を告げた。

「…………」

知恵伊豆に対し、慎重居士と言われた阿部豊後守が、無言で瞑目《めいもく》した。

「なんと……」

松平伊豆守が、驚きの声を漏らした。

「……難しいことだの」

家光の異母弟で、大政参与《たいせいさんよ》という重職に任じられている会津《あいづ》藩主保科《ほしな》肥後守《ひごのかみ》正之《まさゆき》が、腕組みをした。

「五摂家筆頭、主上にも近いお血筋の近衛さまと、高家先達とはいえ、その嫡男でしかない三郎が朋友というのは、いささか問題であるの」

保科肥後守が首を横に振った。

三郎の意見が場合によっては朝議に影響を与える。それこそ天下を動かすほどのことを旗本にされては、将軍の、幕府の面目がなくなる。

「しかしだな、近衛さまが江戸へ来られていたというのは聞いていたが、表沙汰《ざた》にならなんだゆえ、あえて突くこともないと見送ってきたが……一度調べなければならぬの」

阿部豊後守がまずは確認すべきだと言った。

「そう言えば、近衛さまが吉良の息子のことを命の恩人と慕っていたと」

「いかにも。そのように土佐守が申しておりましたぞ」

確かめた保科肥後守に、酒井雅楽頭がうなずいた。

「命の恩人というのは、いささか重いの」

松平伊豆守が小さく首を横に振った。

「江戸に近衛さまがお出での間に、なにかあったと」

保科肥後守が戸惑った。

「まさかではあるまいが……ここで話をしていても無駄であるな。これは吉良を呼び出すか、誰かを向かわせるか」

松平伊豆守が次の手を口にした。

「呼び出しはまずかろう。どうしても城中では目立つ」

「かといって、我らが吉良の屋敷へ参っても目立つぞ」

老中の駕籠《かご》には金紋が描かれている。これは、江戸城下で他の大名や旗本とかち合ったときに、その場を譲らせるためであった。他にも老中の駕籠は江戸城の諸門を通過するときでも、戸を開けて顔を見せなければならないという決まりから外される。金紋は、そのための証《あかし》である。とはいえ、金紋打ちの駕籠は周囲の注意を引いた。

「拙者ならば、理由は付けやすい」

酒井雅楽頭が名乗りを挙げた。

「そういえば、吉良左少将の正室は、酒井家の姫でござったな」

思い出したように松平伊豆守が言った。

吉良左近衛少将《さこんえのしょうしょう》義冬《よしふゆ》と酒井家には二度の縁があった。寄合旗本の酒井紀《き》伊守忠《いのかみただ》吉《よし》の長女が嫁ぎ、その病死を受けて、三女が継室として輿《こし》入れしていた。

「別家の酒井讃岐守忠勝《さぬきのかみただかつ》の弟忠吉の娘でござる」

「おう、前の大老《たいろう》どのの姪御《めいご》か」

聞いた保科肥後守が驚いた。

酒井讃岐守忠勝は、土井《どい》大炊頭《おおいのかみ》と並んで、二代将軍秀忠《ひでただ》の治世を支えた名臣であった。もっとも秀忠の信頼が厚かったことが災いし、家光が将軍となった後は徐々に政《まつりごと》から遠ざけられ、宿老《しゅくろう》から有事の際の諮問に答えるだけの飾りへと祀《まつ》りあげられた。そのとき、形だけ老中よりも格上とするために大老という称号を与えられたが、普段登城に及ばずでは、権力を取りあげられたに等しい。

「たしか、貴殿の後見をなさっておられたの」

松平伊豆守がわざとらしく確認をしてきた。

「……いかにも」

嫌そうな顔で酒井雅楽頭が横を向いた。

酒井雅楽頭は老中になっているとはいえ、寛永《かんえい》元年（一六二四）の生まれで、今年でようやく三十四歳になる。徳川家と祖を同じくする酒井家、その本家ともいえる酒井雅楽頭家の頭領を酒井忠勝から受け継いだのは、慶安《けいあん》四年（一六五一）と若かった。

　また酒井雅楽頭が家督を継いだのは十四歳、寛永十四年（一六三七）と早かったのは、その前年に祖父忠世《ただよ》、父忠行《ただゆき》が相次いで死去したからであり、十分に治世や政について受け継げなかった。

　それを危惧《きぐ》した家光によって、表から身を退いた酒井忠勝が後見として付けられた。

　後見人というのは、父に等しい。当主といえども厳しく指導し、場合によってはその指示を撤回させることもできる。つまり、酒井雅楽頭にとって酒井忠勝は、頭の上がらない相手になる。

　その代わり、後見している者への責任も生じ、場合によっては連座させられることもあった。

「後見人の姪ならば、貴殿が気にかけていても不思議ではないであろう」

「それはそうであるな」

　松平伊豆守の言葉に酒井雅楽頭が首肯した。

「であるな。では、悪いが今日の帰りにでも鍛冶橋御門《かじばしごもん》近くの吉良家屋敷へ寄り、委細を訊きだしてくれるように」

保科肥後守が酒井雅楽頭に求めた。

「承知した」

大政参与である保科肥後守の指図とあれば、いかに老中といえども拒むことは難しい。

酒井雅楽頭は、いつものように昼過ぎまで御用部屋で執務した後、八つ（午後二時ごろ）には下城、先触れを奔《はし》らせてから、吉良家屋敷へと向かった。

酒井雅楽頭の来訪を報された吉良屋敷は、大騒ぎになった。

「ご当主さまも三郎さまもお城じゃ」

用人の小林平右衛門《こばやしへいえもん》が蒼白《そうはく》になった。

「すぐにお城へ人をやれ。殿はご無理でも三郎さまには、お戻りをいただかねばならぬ」

小林平右衛門が使者を出そうとした。

「お、お帰りでございまする」

門番が大声で吉良左近衛少将義冬の帰邸を告げた。

「早い……」

高家の執務は夕七つ（午後四時ごろ）までとされている。もちろん、用があれば

それを過ぎることもあるし、なにもなければ早く下城することもある。

だが、それは前もって用人には知らされている。

予定と違った主君の行動に、小林平右衛門が驚いた。

「ご老中さまの不意訪問、予定より早いご帰還……なにかあったのではなかろうか」

小林平右衛門が身を震わせたのも当然であった。旗本の一日は、変わることなく

予定通り、続けられていく。

もちろん主君の出世や年齢によっての変化はあるが、基本としてそれは前触れが

あってのことだ。

いきなり老中が来て、予定にない主君の早退となれば、不安になる。

天下が徳川家のものになって、ようやく五十年余り、そのわずかの間にどれだけ

の大名、旗本が取り潰されたか。

小林平右衛門は大急ぎで主君の出迎えに玄関へ出た。

「……お早いお帰りでございまする」

すでに吉良義冬の乗った駕籠は、玄関式台に到着していた。

「扉を開けよ」

当主は扉に手をかけず、供してきた家士に命じるのが常である。

「はっ」

供の家士が、膝をついて扉を開けた。

「平右衛門、今、戻った」

なかから吉良義冬が姿を見せた。

「殿、先ほど……」

「ああ。雅楽頭さまが当家にお立ち寄りになるのであろう。報せを受けておる」

報告しようとした小林平右衛門を制し、吉良義冬が口にした。

「さようでございましたか」

常と変わらぬ主君の様子に、小林平右衛門が安堵《あんど》した。

「客間の用意はできておろうな」

「はい。すでに指示をいたしております」

確かめる吉良義冬に、小林平右衛門が首肯した。

「お供の方々への接待も頼むぞ」

「湯漬けの用意をいたさせておりまするが、それでよろしゅうございましょうか」

付け加えた吉良義冬に、小林平右衛門が尋ねた。

「心きいたることである」

吉良義冬がそれでいいと首を縦に振った。

すでに十一月、冬のまったただなかである。主君を待つのも役目とはいえ、老中の供をしている家臣たちは屋敷に入ることなく、寒空のなかで待機することになる。

こんなときに温かい白湯《さゆ》は馳走《ちそう》であるが、それだけではいささか頼りない。刻限も夕刻には早いが、昼からは一刻《いっとき》半（約三時間）経っており、小腹も空《す》いている。そこに熱めの湯漬けは、なんの菜なくともたまらない。

「では、着替える。三郎、参れ」

「はっ」

父の駕籠脇に立っていた三郎を誘《いざな》って、吉良義冬が屋敷へと入った。

「……御用はなにかわかるか」

着替えながら、吉良義冬が三郎に問うた。

「戸田土佐守さまがお戻りになったこととかかわりがございましょうか」

三郎も衣服をあらためながら、父の質問に答えた。

「どうしてそう思った」

「土佐守さまのご様子が……」

訊かれた三郎が告げた。

「どう違った」

「京でのお話を頑《かたく》なになさいませんでした。まことにご無礼ながら、普段の土佐守さまなれば、京洛でどなたに親しくしていただいたとか、ご自慢げにお話しになられるのでございますが……」

重ねて問われた三郎が、言いにくそうに伝えた。

「ふっ。よく見ておる」

楽しげに吉良義冬が笑った。

「儂《わし》もそうだと思っておる。そなたの位置からは土佐守どのの背中しか見えぬゆえ気づかなかったのだろうが、ちらちらと儂を見ていた」

「父上さまを」

吉良義冬に教えられた三郎が驚いた。

「何度かは、そなたに目をやろうとして止めていた」

「わたくしに……」

三郎が目を大きくした。

「京でなにかあった。それがそなたにかかわるとなれば……」

「近衛権中納言さま」

ため息を吐きながら述べた父に三郎が声をあげた。

「抑えよ。高家は感情を露骨に表してはならぬ。嘆息するだけで止めよ」

吉良義冬が息子を窘《たしな》めた。

「申しわけございませぬ」

三郎が頭をさげた。

「おそらく権中納言さまが、土佐守どのにそなたのことを漏らされたのだろう」

「今まで黙っておられたのに……」

三郎が息を呑んだ。

二人の出会いから、すでに三年になる。その間に、秋の除目、年賀使と何度も高家が京へ出向いていた。ただ、三郎はもとより父の吉良義冬は上洛していなかった。

「それよ」

吉良義冬も同意した。

「手紙の遣《や》り取りはさせていただいていたのだな」

「はい。節季ごとに」

問うた吉良義冬に三郎が答えた。

「もちろん、どちらも偽名でございまする。わたくしの手紙は当家出入りの三河屋《みかわ》から、京の出店へやる荷のなかに忍ばせておりました」

三郎が説明した。

「三河屋ならば、当家の不利に働くことはせぬな。吉良の本貫地三河の出の商人じゃ」

吉良義冬が三郎のやり方を認めた。

「はい。そのために権中納言さまにお願いして、三河屋の近衛家出入りを許していただきましてございまする」

「……ふふふ。それでは三河屋は、そなたを裏切れぬな」

小さく吉良義冬が含み笑いをした。

商人にとって、朝廷御用、幕府御用は高嶺《たかね》の花である。その看板を許されたということは、取り扱っている商品に絶対の信用が置かれていると同義になった。客や取引相手の疑心は一掃される。それがどれほど商家にとって大きいかは言わずともわかる。

そして五摂家出入りはそれに次ぐ名誉であった。

「権中納言さまのお手紙が最後に届いたのは、いつじゃ」

「冬に入るときでございましたので、十月の頭だったかと」

「内容を聞いてもよいか」

相手は五摂家筆頭で天皇家の寵愛《ちようあい》深い近衛家の当主である。いかに遣り取りの相手が息子だからといって、勝手に中身を読むわけにはいかなかった。

「……たしか、時候の挨拶と、近いうちに顔を出せとのお誘いでございました」

「顔を見せろとの仰せか。それはいつものことではないのだな」

吉良義冬がいつもの遣り取りに書かれていることではないかと問うた。

「いつも会って話をしたいとはお書きくださっておられまするが、近いうちというのは初めてでございました」

三郎が思い出して首を左右に振った。

「……そこか」

吉良義冬がうなずいた。

「年明けの年賀使として、そなたを向かわせよというお指図であろうが、無位無冠の身ではの。儂が正使としていくのならば、供にいれることもできるが……他の高家衆にそなたの同行を求めるわけにはいかぬ。大きな借りを作ることになる」

高家に上下はない。今は吉良義冬が先達として高家衆筆頭ともいうべき地位にあるが、先達は世襲制ではなく、吉良義冬の隠居とともに吉良家から他家へ渡される。

同格だからこそ、貸し借りはまずかった。

三郎を預ければ、吉良家が来年の年賀使を担当した高家に借りを作ることになる。

そして借りはいつか返さなければならなくなる。

そして最初に借りを作ったほうが、不利になる。つまり、返すときは利がついて、百だったものが百五十返すことになった。

「ですが、権中納言さまのお言葉とあれば……」

「従わねばなるまい」

親子が悩んだ。

「ご来訪」

門番が奥まで聞こえるほどの大声を出した。

「お見えのようじゃ。とりあえずは、父が相手をいたすゆえ、そなたは別室で控えておれ」

「はっ」

命じられた三郎が首肯した。

三

老中は幕政最高の権力者であるが、登城の行列は仰々しくしない。これはあくまでも老中も徳川の臣下であるという謙虚さを見せ、主君の城へ奉公にあがるという体であった。

とはいえ、駕籠脇の供などを入れると数十名になる。

「ようこそのお出ででございまする」

吉良義冬が玄関式台に手を突いて、足踏みを続ける行列へ挨拶をした。

「止まれ」

それを見て、ようやく駕籠が降ろされた。

これはいかに来訪した客としての立場でも主人の出迎えを受けずに止まることで、老中が吉良義冬を待ったという形になることを避けるためであった。

それだけ老中という格式は重い。

「開けよ」

「はっ」

酒井雅楽頭の声に応じて、駕籠の扉が開いた。

「………………」

無言で吉良義冬が平伏した。

「不意に訪れたことをまず詫《わ》びよう」

「いえ、ご来訪いただき冥加《みょうが》に存じまする。陋屋《ろうおく》ではございまするが、どうぞ」

頭をさげずに謝罪を口にした酒井雅楽頭に決まりきった応答をして、吉良義冬が客間へと案内した。

「本日は……」

「止めよ」

客間で下座に控えた吉良義冬がまた決められた挨拶をしようとしたのを、酒井雅楽頭が手で制した。

「訊きたいことがあって参った。戸田土佐守よりなにか聞いておるか」

「いえ。ただ、雅楽頭さまがお見えになるゆえ、屋敷に戻ってお出迎えの用意をいたせとだけ」

確かめるような酒井雅楽頭に、吉良義冬が首を横に振った。

「ふむ」

満足そうにうなずいた酒井雅楽頭が、吉良義冬を見た。

「左少将、近衛権中納言さまを存じておるな」

「お名前までは」

朝廷からの密使だったのだ。知っているとは言えなかった。

「隠すな」

酒井雅楽頭の機嫌が悪くなった。

「そなたの室は、余にとって従姉《いとこ》のようなものだ。一門であるぞ」

「…………」

吉良義冬が答えに詰まった。

「嫡男をこれへ」

「……はい」

三郎を呼べと言った酒井雅楽頭に、吉良義冬が少しの躊躇《ちゅうちょ》を見せながら従った。

「平右衛門、三郎を」

吉良義冬が襖《ふすま》際に控えていた小林平右衛門に声をかけた。


自室として与えられている部屋で、三郎は落ちつきなく歩き回っていた。

「若さま」

付き人の小林平八郎《へいはちろう》が、三郎に声をかけた。

「…………」

三郎が足を止めて小林平八郎を見つめた。

「落ち着きなされませ」

小林平八郎が三郎に注意をした。

「そうは申すがの。相手はご老中ぞ」

落ち着けと言った小林平八郎に、三郎が言い返した。

「ご老中自ら、罪を言い渡しに来られることはございませぬ」

「わかっておる」

幕府が大名や旗本を咎《とが》めるときは、城中あるいは老中の屋敷へ呼び出してが通例であった。こうしないで大名の屋敷へ人をやって伝えさせれば、家が潰れて己の禄がなくなると憤った家臣たちがなにをするかわからない。当主と家臣を引き離さないと面倒になりかねないからであった。

「ならば、ここで悩まれても意味はございますまい」

小林平八郎がもう一度三郎を宥《なだ》めた。

用人小林平右衛門の嫡男である小林平八郎は、三郎が物心ついたころから、ずっと仕えてくれている側役である。歳も近く、三郎が吉良家の当主となったときには、小林平八郎も父の後を継いで用人になる。

まさに将来にわたっての腹心であった。

「わかってはおるのだが……」

「ご老中さまのご用件は、おわかりなのでございましょう」

「父と話をして、おそらくは近衛さまのことだろうと」

小林平八郎に尋ねられた三郎が推測だがと言いながら告げた。

「さようでございますれば、問題はございますまい。若さまになにかなされば、近衛さまがお怒りになりましょう」

「お怒りになられようか。密使でお出でになっただけぞ」

密使は表沙汰にできないときに出るものである。

「もう、密使にお出でになられたときとは、状況が違いまする。すでに皇統はあらたな今上《きんじょう》さまが御継承になられました。さらに日嗣の御子さまも決まっておられる。朝廷に弱きところはございませぬ。なにより、あの近衛さまが、やられっぱなしで黙っておられるとは思えませぬ」

小林平八郎も三郎とともに近衛基熙を救っている。陪臣《ばいしん》の身分ながら直接お言葉も賜っているだけに、近衛基熙の性格をよく見ていた。

「嫌がらせくらいはなさるな」

三郎も公家らしくない近衛基熙を思い出して苦笑した。

「……助かった」

落ち着いたと三郎が小林平八郎に笑いかけた。

「差し出たまねをいたしました」

小林平八郎が頭を垂れた。

「誰か参りまする」

頭を上げた小林平八郎が三郎に言った。

「呼び出しだな」

三郎がうなずいた。


「お召しと伺いましてございまする」

呼び出された三郎が客間の前の廊下で手を突いた。

「久しいの、三郎」

若い三郎を緊張させまいとしてか、酒井雅楽頭が微笑んだ。

「雅楽頭さまにはご無沙汰をいたしておりまする」

三郎はていねいにもう一度頭を下げた。

「近《ちこ》うよれ。そなたに訊きたいことがある」

「…………」

手招きされた三郎が、父吉良義冬を見た。

「よい」

吉良義冬がうなずいて、酒井雅楽頭の言うとおりにせよと言った。

「ご無礼を仕《つかまつ》りまする」

座敷に入った三郎は父の少し後ろに控えた。

「そこでは話が遠い。もそっと近う」

重ねて酒井雅楽頭が手招きをした。

「…………」

三郎が父の少し前に出た。

「うむ」

それでよいと酒井雅楽頭が、首を縦に振った。

「さて、近衛権中納言さまを存じておるな」

「存じおりまする」

すでに知られているとあれば、ごまかしても印象が悪くなるだけである。三郎はとぼけも否定もしなかった。

「ほう……認めるか。なれば、すべてを話せ」

感心した酒井雅楽頭が命じた。

「父上さま」

声に出して三郎が吉良義冬に許可を求めた。

「任せる」

吉良義冬が、好きにしろと三郎へ預けた。

「雅楽頭さま、一つお伺いいたしても」

三郎は続けて酒井雅楽頭に質問をしてもよいかと訊いた。

「申せ」

酒井雅楽頭が三郎を促した。

「ご無礼はお許しくださいませ。雅楽頭さまは近衛権中納言さまが江戸へ密かにお出でになられたことは」

「知っている。そのおりお命を狙われたことまでな」

酒井雅楽頭は戸田土佐守が近衛基熙から聞いた三郎は命の恩人だというところを口にした。

「そこまでご存じでございましたか」

三郎より先に吉良義冬が嘆息した。

「なれば、お話をいたしましょう」

近衛基熙が不意に吉良家を訪ねてきたことから、三郎は語った。

「なるほど、やはり日嗣の御子さまのことで、近衛さまは幕府の意向を探りに来られたのだな」

酒井雅楽頭がうなずいた。

「そして、その近衛さまを毛利《もうり》長門守《ながとのかみ》が襲ったと」

「……はい」

続けた酒井雅楽頭に三郎が首肯した。

「近衛さまを害するのではなく、毛利家へお連れして位階をあげていただくように交渉するためだと、毛利家中の者が申しておりました」

「愚かな。近衛さまは朝廷の重鎮ぞ。そのお方を監禁して脅すようなまねをするとは、論外である」

「…………」

その通りだと思っても、毛利綱広《つなひろ》は三郎より格上になる。三郎は無言で同意を示すだけに止《とど》めた。

「わかった」

酒井雅楽頭が膝を叩《たた》いて、聞き取りは終わったと言った。

「納得いたしたわ」

「雅楽頭さま、今ごろになってなぜでございましょう」

途中で口出しをせず聞いていた吉良義冬が酒井雅楽頭に理由を問うた。

「そうか。土佐守に口止めをいたしたのであった」

酒井雅楽頭が思い出したばかりに苦笑した。

「京の除目でなにか」

すぐに吉良義冬が気づいた。

「うむ。驚くなよ、左少将」

釘《くぎ》を刺してから酒井雅楽頭が語った。

「秋の除目で、そこの三郎に朝廷より、従四位下侍従並びに上野介を賜った」

「……なんと仰せか」

念を押されていたはずの吉良義冬が驚愕の声をあげた。

「…………」

三郎は己のこととは思えず、呆然《ぼうぜん》としていた。

高家としての嗜《たしな》みを親子ともに失うほどの衝撃であった。

「もう一度言う。朝廷より吉良三郎義央《よしなか》に従四位下侍従と上野介を賜った」

酒井雅楽頭が宣した。

四

承応《じょうおう》三年（一六五四）九月二十日、後光明天皇が崩御した。

昨年にかかった疱瘡《ほうそう》が悪化、医師たちの懸命な治療、僧侶《そうりょ》、神官による加持祈禱《きとう》も及ばず、宝算《ほうさん》わずか二十二という若さであった。

「朕《ちん》の日嗣は弟の高貴宮《あてのみや》を」

後光明天皇は、生まれたばかりの弟を後継に望んだ。

というのも、後光明天皇は未《いま》だ中宮《ちゅうぐう》を迎えておらず、ただ庭田《にわた》右近中将《うこんのちゅうじょう》の娘を側に侍《はべ》らしているだけで、子供も女子一人しかいなかったからであった。

「ご内意とはいえ……」

後光明天皇の望みに朝廷は頭を抱えた。

いくらなんでも高貴宮は幼すぎた。

征夷大将軍といえども、臣下でしかないのだ。また五摂家のごとく皇統に口を挟める身分ではない。だが、それは表向きの理由であって、公家全体の禄を幕府が握っている以上、その意向には気をつけるべきであった。

「他に人がおられぬわけではなし」

たしかに後光明天皇には高貴宮の他にも弟たちは多い。立派に成人し、宮家を興している者もいるのだ。

高貴宮しか血筋がないというのであれば、朝廷も幕府に遠慮しなくてすむが、今上天皇となった後西天皇、当時良仁《ながひと》親王もいた。

「勅意である」

そう言えば幕府も言い返せないが、いい気はしない。

当然、嫌がらせはする。

天皇の代替わりには、ご大葬《たいそう》の礼、即位の大礼と大きな儀式がいくつもある。その費用は、数千両以上に及ぶが、朝廷にこれを賄うだけの財力はなかった。

となれば、幕府が肩代わりするしかない。鎌倉《かまくら》のころからこれらの費用は幕府が負担することとなっているが、足利《あしかが》幕府は何度か財政困難を理由に援助を断っている。

そのため、朝廷は毛利元就《もとなり》や、織田信秀《おだのぶひで》ら大名たちに寄進を強請《ねだ》り、数年遅れで儀式を終わらせたことがあった。

「幕府も手元不如意でござれば」

足利幕府に認めたという前例がある。徳川幕府にこう言われてしまえば、朝廷は自前で金を工面しなければならなくなる。

「寄進をしてくれぬか」

かつてのように大名へ頼んだところで、徳川の天下が確立してしまっているだけに、大名たちも首を縦には振ってくれない。

「裕福であるな。なれば、街道の整備を、江戸城の拡張をしてもらおう」

金を出して、幕府に睨《にら》まれては大事になる。

誰も朝廷の要請には応《こた》えてくれないだろう。

それがわかっている朝廷は、なんとかして幕府の意向を探りたかった。無理とわかっていても、天皇の意志なのだ。それを実行するのが公家の役目である。

　とはいえ、時期でもないのに五摂家や武家伝奏《ぶけてんそう》が江戸へ下向するわけにはいかなかった。いけないわけではないが、公式な訪問とするならば、日程の調整、宿舎の手配、街道の整備など、十二分な準備が要る。それこそ半年以上かかる。

　それでは間に合わないほど、後光明天皇の容体は悪い。

　そこで近衛家を継いではいるが加冠《かかん》の儀もすましておらず、世間にほとんど顔を知られていない近衛基熙が密使として採用された。

　少人数で江戸へ行き、幕府の要人と話し合い、後光明天皇の望みを伝える。

　近衛基熙は、その相手として高家吉良左近衛少将義冬を選んだ。

「難しゅうございましょう」

　吉良義冬は、後光明天皇から高貴宮への継承を幕府は喜ばないと答えた。

「ここで無理に推せば、御上も折れましょうが……隙間ができますぞ」

　朝幕の間に溝ができると言った。

「主上さまのお望みは、高貴宮さまに皇統を継いでいただくことでございましょう。それはすぐでなくともよいのではございませぬか。無理をして、高貴宮さまを次の高御座《たかみくら》にお付けして、徳川の手助けをあきらめるか。いえ、おそらく高貴宮さまのご即位は幕府によって阻害されましょう。無理強いの後に来るのは報復。今回高貴宮さまを強く推してならなんだら、二度と目はございませぬ。それよりもどなたかに一時至高の座をお預けし、高貴宮さまがお育ちになられたところで御譲位をしていただけば、幕府もそれに従いましょう」

高家として朝幕の調整に尽くしてきた吉良義冬の案は、幼くとも賢い近衛基熙を納得させた。

その結果、後光明天皇の次は良仁親王が践祚《せんそ》し、その儲《もう》けの君《きみ》として高貴宮を据えるという形で落ち着いた。

「吉良には恩がある」

加冠の儀を終えて、権中納言となった近衛基熙が朝議でその功績を声高に告げた。言うまでもないが、朝廷の礼は除目で優遇することだ。

「今すぐはよろしからず」

なにより大葬の礼、即位の大礼という大きな行事が控えている。

「密使が出たことを悟られる。少し間を置かねばならぬ」

朝廷に表立って功績があるわけでもない幕府旗本の部屋住みに、位階を与えるなど目立つことこのうえない。

ほとぼりが冷めるまで待つべきだとして、今まで朝廷は吉良家と接触をしていなかった。

もともと褒美欲しさに、近衛基熙を助けたわけではなかった。

吉良家も朝廷からなんの音沙汰もないことを、気にもしていなかったところに、今回の話である。

吉良家も驚いたが、公表を聞いた城中はより騒いだ。

「まだ家督前に従四位など」

従四位とは老中でようやくたどり着ける位階であり、その辺の大名では決して届くことのない高位であった。

「謹んでお受けいたしまする」

江戸城大広間へ呼び出された叙任を受ける大名、旗本のなかでも上座にあって、三郎は老中松平伊豆守から渡された奉書を押しいただいた。

形だけとはいえ、位階は重い。

まだ部屋住みで、幕府から一俵も貰《もら》っていない三郎は、これによって高家見習いの身ながら、従五位に叙されている他の高家より、上として扱われる。

なにより、これから三郎は「上野介どの」あるいは「上野介さま」と称呼される。

「……………」

奉書を受け取りながら、三郎はまだ戸惑っていた。


大広間での伝達式を終えた老中たちは、御用部屋で難しい顔をしていた。

「いかがすべきと思われるか、御一同」

伝達役を務めた松平伊豆守が口を開いた。

「吉良の嫡子のことでございますな」

酒井雅楽頭が確かめた。

「これ、上野介と言わぬか」

侮ったままの酒井雅楽頭を保科肥後守が窘めた。

「我ら執政衆は、御三家以外を呼び捨てにできるとはいえ、従四位の地位にある者を嫡子呼ばわりはよろしくない」

「これは心利かぬことでございました」

保科肥後守は執政のなかでも最高の座にある。注意を受けた酒井雅楽頭が頭をさげた。

「うむ。伊豆守どのよ、いかがすべきとは上野介の扱いであるな」

「さようでございまする」

敬愛していた三代将軍家光の弟になる保科肥後守には、狷介《けんかい》な松平伊豆守も礼を尽くす。

「朝廷の思惑がわからぬ」

阿部豊後守が困惑を見せた。

「さよう。いかに命を助けられたとはいえ、従四位はやり過ぎじゃ。父の吉良左少将と同じ四位ぞ。侍従より左少将が格上になるが、それでもまずかろう」

保科肥後守が唸《うな》った。

「朝廷の……近衛権中納言さまのご恩返しではございませぬのか」

直接三郎から事情を聞いた酒井雅楽頭が怪訝な顔をした。

「それはありえぬ」

松平伊豆守が首を横に振った。

「近衛家を始めとする五摂家、その家宰を預かる公家でも従五位なのだぞ。従四位となると、羽林《うりん》、名家《めいか》などの嫡男が就く高位だ」

「まさか……朝廷は吉良を羽林となさるおつもりか」

酒井雅楽頭が息を呑んだ。

羽林は朝廷の武官である。摂家、清華《せいが》、大臣家《だいじんけ》の下で名家の上になる高位公家のことだ。中国の故事に倣い「羽のように速く、林のように多い」ところから取られ、近衛府の将軍となる家柄である。

その出世は、近衛少将、近衛中将を兼ね、参議、中納言へと上がる。

「中納言といえば、御三家の当主と変わらぬぞ」

阿部豊後守がうなった。

将軍家になにかあったときに、その後継を出すべしとして作られた尾張、紀州《きしゅう》、水戸の三家は、家康の子供のなかでも徳川の苗字《みょうじ》を許された格別の家柄である。

その初代でさえ、尾張と紀州で権大納言、水戸に至っては権中納言でしかない。

「いかに吉良が格別とはいえ、これはまずかろう」

保科肥後守が嘆息した。

足利家の分家とされる吉良家は、渋川《しぶかわ》家、石橋《いしばし》家とともに、御一家とされ、本家に人がいなくなったとき、将軍を継承すると言われてきた。ちょうど、今の御三家のような扱いを受けていたのだ。

しかし、乱世を上手《うま》く乗りきれなかった吉良家は没落、三河に侵食してきた今川《いまがわ》家に膝を屈し、桶狭間《おけはざま》の合戦以降は今川を離れて徳川に属したが、何度か領地回復の戦を起こした。だが、徳川に勝てず、ときの当主吉良義昭《よしあきら》は家康と同じく今川の人質となっていた義安《よしやす》に家督を譲った。

もちろん、実際は面識のある義安を当主に据えることで、吉良家を抑えこもうとした家康の策略であった。

こうして家康に逆らえなくなった吉良家は、その要求に応じるしかない立場になった。

「吉良の系譜に、徳川家を入れよ」

家康は、本姓を源氏《げんじ》に変えるべく、吉良に命じた。

徳川家は、松平の名乗りをする三河の国人《こくじん》領主であった。当初、松平家は、賀茂《かも》氏を称していた。それが家康の代に、得川家と名乗りを変え、藤原氏を本姓と変えた。これは、賀茂氏を任官させた前例がないと朝廷から、三河守の称号を拒まれたことによった。

当時、家康は一向一揆《いっこういっき》、今川氏との争いと三河一国の平定に苦労しており、なんとしてでも三河の武士たちを支配できる名分である三河守が欲しかった。

「系図を探したところ、当家は藤原氏でございました」

家康は賀茂氏であったことを捨て、藤原に乗り換えた。

やがて乱世を生き残り、強大な力を手にした家康は、豊臣秀吉《とよとみひでよし》の死後天下を吾《わ》がものとすべく、関ヶ原《せきがはら》の合戦を起こし、それに勝利した。

豊臣秀吉が朝廷に近づいて、太政《だじょう》大臣、関白《かんぱく》となったのとは違った形の天下人を狙った家康は、幕府を開くことにした。

「征夷大将軍は源氏の職である」

朝廷は家康の望みをまたも袖《そで》にした。

「ならば、源氏になるだけよ」

あっさりと藤原氏を辞め、家康は吉良氏の系譜を奪い、源氏となった。

その恩が吉良を高家という旗本のなかでも格別の家柄として遇することに繋がっていた。

「近衛権中納言さまが、ご推薦なされたのはまちがいなかろう。戸田土佐守が直接聞いている」

松平伊豆守が三郎叙任の原因を口にした。

「されど、朝廷がすんなりと認めるはずはない。あれだけ前例がない、慣例ではとうるさい連中ぞ」

保科肥後守が首を左右に振った。

「では、どういう意図でございましょうや」

先達たちに酒井雅楽頭が問うた。

「……吉良を引き抜くつもりではないか」

「引き抜く……」

少し躊躇してから言った保科肥後守に、酒井雅楽頭が怪訝な顔をした。

「それはございますまい」

松平伊豆守が保科肥後守の意見を否定した。

「引き抜くとなれば、吉良の家禄を朝廷が用意せねばならなくなりまする。いかに徳川と縁のある吉良といえども、家臣でなくなったとあれば幕府が禄を給する意味はございませぬ」

「禄か……」

言われた保科肥後守が苦い顔をした。

武士は恩と奉公からなった。禄をもらうからこそ、仕えるのだ。逆にいえば、奉公しない者に禄を与える意味はなくなる。

「となると引き抜きではなく、取りこみか」

すぐに保科肥後守が思考を変えた。

「取りこみならば、ありえるの」

阿部豊後守がうなずいた。

「吉良を朝廷側に取りこみ、御上との折衝を有利にする……」

松平伊豆守が呟《つぶや》くように言った。

「吉良だけを取りこんだところで、高家は他にもおりまする。あまり意味はないのではございませぬか」

酒井雅楽頭が首をかしげた。

「いや、一家でも大きいぞ。とくに吉良は高家の名門。当主は筆頭扱いになるのが慣例となりつつある。吉良の意見があからさまに朝廷を偏重していないかぎり、他の者どもは反対を言いにくかろう」

保科肥後守が難しい顔をした。

「取りこんだとして、朝廷になんの利がございまする」

ふたたび酒井雅楽頭が疑問を呈した。

「雅楽頭どのよ。朝廷にないものはなんでござろう」

柔らかい口調で保科肥後守が訊いた。

「朝廷にないもの……」

「言いかたが悪かったかの。朝廷に足りぬものはなにか」

悩んだ酒井雅楽頭に保科肥後守が問い直した。

「朝廷に足りぬものは、武力と金でございましょう」

酒井雅楽頭が答えた。

「さすがでござる」

満足そうに保科肥後守が首を縦に振った。

「現在朝廷は二万石ていどの収入しかござらぬ。これだけで百官を養い、禁裏を運営するのはまずむりでござる。ましてや西面、北面の武士を復活増強などできませぬわの」

「まさに」

保科肥後守の言葉に、酒井雅楽頭が首肯した。

「では、どうするか。まさか、公家たちに新田開発を命じるわけにもいきますまい」

「あの非力な公家どもに鍬《くわ》を持たせるなど……」

酒井雅楽頭があきれた。

「なれば商いをいたすか」

「金を欲しがるわりに、目の前に積まれれば卑しいもののように顔を背ける公家に、商いはできますまい」

保科肥後守の発言に酒井雅楽頭が苦笑した。

「となれば、どういたすかの」

「幕府に願って禁裏《きんり》御領《ごりよう》を増やさせる」

「それじゃ。では、わかるだろう。その交渉を誰が誰にするか」

己の隠退をすでに考えているらしい保科肥後守が、酒井雅楽頭を諭すように尋ねた。

「高家……」

「うむ。朝廷側は武家伝奏、幕府は高家がその交渉の実際をする」

絶句した酒井雅楽頭に、保科肥後守がうなずいた。

「もちろん、高家が認めたくらいで、御領は増えぬ。それこそ、我ら執政、京都所司代、勘定《かんじよう》奉行などが集まって、そうしなければならぬかどうかを論じる。そのときに、もっとも大きな論拠となるのが、高家じゃ。たしかに禁裏付も、京都所司代もおるが、どちらも公家とのつきあいを役目とはしておらぬ。その点だけでいけば、高家以上に京の実情を知る者はない。その高家が、禁裏御領をもう少し増やすべきだと上申してくれれば、無視できまい」

「なるほど。朝廷は吉良を取りこんで、公家たちの代弁をさせようとしている」

保科肥後守の説明を受けた酒井雅楽頭が納得した。

「官位は金がかからぬ。ただ一枚の紙に、なになに補するとと書くだけでいい。あとで取り消すのも同じ。なにより断れぬ」

朝廷の権威は形だけとはいえ、幕府に優《まさ》る。朝廷が発した補任《ぶにん》を拒むというのは、その権威をないがしろにすることになり、やがてそれは征夷大将軍の価値にも影響を及ぼす。

「辞任させればよいのでは」

松平伊豆守が一度受けて、すぐに辞任すればいいと口にした。

「たしかに織田信長《のぶなが》公の例もある」

阿部豊後守が首を縦に振った。

武田《たけだ》を追い払い、足利義昭《よしあき》を放逐した織田信長は、朝廷から右大臣《うだいじん》に補された。朝廷が天下人たれと促したものだったが、これを織田信長は一度受けておきながら、すぐに辞任している。朝廷に取りこまれるのを嫌がったのではないかと言われているが、これも立派な前例である。官位、役職を辞任することはできる。

「そうではあるが、吉良の嫡子には従四位下侍従兼上野介が与えられるという前例は消えぬぞ」

保科肥後守が苦い顔をした。

「代々の吉良、その嫡子ごときが我らと同じ従四位下侍従だと……」

酒井雅楽頭が目を吊《つ》り上げた。

幕政最高の権力者である老中は、その座に就いてすぐ従四位下侍従に任じられるのが決まりであった。

「平らになされ、雅楽頭どの。執政は感情を見せてはならぬ」

松平伊豆守が苦言を呈した。

「しかし……」

「問題は、吉良をこのままで放置してよいかということだ」

まだ抗弁しようとした酒井雅楽頭を無視して、保科肥後守は問題を提起した。

「潰すわけにはいかぬな」

「朝廷から嫡子が官位をもらったというだけで潰せぬ」

阿部豊後守と保科肥後守が顔を見合わせて嘆息した。

「潰せぬとあらば、いかがいたせば……」

「朝廷ではなく、幕府に縛り付ければいい」

おずおずと訊いた酒井雅楽頭に、保科肥後守が告げた。

「余に任せてくれぬか、御一同」

「よしなに」

「肥後守どののお心のままに」

保科肥後守の求めを老中たちが認めた。

第二章　家督百景

一

望外の従四位下《じゅしいのげ》侍従《じじゅう》兼上野介《こうずけのすけ》となった吉良《きら》三郎《さぶろう》の扱いに、高家衆《こうけ》は戸惑った。

「見習いのままでは都合悪かろう」

従四位下は、高家のなかでも高い。

「いや、左少将《さしょうしょう》どのが家督を譲られたわけではないのだぞ。高家の親子勤めは前例がない」

「…………」

三郎の扱いを巡って喧々囂々《けんけんごうごう》の論争が、毎日のようにおこなわれた。

襖際《ふすま》に座している三郎は、己のことだけに口出しもできず、またその資格もないため、黙って座っているだけであった。

正式に公表された十二月二十七日から、正月を過ぎたとはいえ、いまだ結論は出ていなかった。

「左少将どの、どう思われる」

今川左近衛少　将直房《いまがわさこんえのしょうしょうなおふさ》が吉良義冬《よしふゆ》に意見を求めた。

「嫡男のことなれば、遠慮すべきと存じる」

吉良義冬が首を横に振った。

「いや、それはいかがであろうか。貴殿にかかわりのあることでござるぞ」

今川直房が逃げは許されないと言った。

「されど……」

「左少将どののよ。貴殿のご嫡男のことでなく、他の者、たとえば拙者の息子が同じような状況になったとして、ご意見をいただきたい」

「むっ。当家ではなく、他家だとした場合を考えるべきだと」

「さよう。またあるやも知れぬであろう」

言われた吉良義冬が困惑した隙を今川直房が突いた。

「……ありえぬことではござらぬか。なれば……」

渋々吉良義冬が思案に入った。

「……むうう。今まで通りとはいかぬのであれば、見習いとして毎日城へあげるのではなく、式日、あるいはなんぞあったときに登城させるというのではいかがでござろうか」

吉良義冬が提案した。

三郎の処遇が議題になっているのは、役目に就いている高家たちがどのように対応していいかわかっていないからだと吉良義冬は理解していた。

上位の者として三郎に接するのか、それとも見習いとして扱うか、皆が困っている。なれば、どう扱うかを決めるまでの日数稼ぎでいいと、吉良義冬は登城日を減らすことで三郎への風当たりを避けさせようと考えたのだ。

「なるほどの。式日の登城は従四位という位階を与えられている者として当然のこと。そのついでに父のもとに来ているとなれば、問題はない」

今川直房がうなずいた。

「それがよろしかろう」

ことの発端を握らされた戸田土佐守が真っ先に賛同の声をあげた。

「では、そうするといたそうぞ」

吉良義冬が首を縦に振ってから、三郎へと顔を向けた。

「屋敷へ戻ってよい」

「はっ」

父の指示に首肯した三郎が、手を突いた。

「では、失礼をいたしまする」

三郎が深く頭を下げて、芙蓉《ふよう》の間を出た。

「……御一同、息《そく》が正式に高家として、この部屋に入ってきたときのことをお考えあれ」

三郎は追い出させられたに等しい。

吉良義冬が、しっかりと一同を見回した。

「わかっておる」

「その節は、上位の者として、敬まおう」

苦い顔で幾人かの高家が応じた。

早めの下城をさせられた三郎は、そのまま屋敷に戻った。

「若さま……いかがなされました。ご気分でも優れられませぬか」

予定にない帰邸に、小林平八郎《こばやしへいはちろう》が驚愕《きょうがく》した。

「体調は問題ないわ。詳しい話をする前に、まず着替えをさせてくれ」

無位無冠であったときは裃《かみしも》ですんだが、従四位となると狩衣《かりぎぬ》を身に纏《まと》うことになる。その名の通り、かつて公家《くげ》が狩りに出かけるときに身に着けていたとされる狩衣は、五位までの長袴《ながばかま》と違い、足首のところで括《くく》るような形の袴である。はるかに長袴よりもましであるが、それでも裃に比べて、膨らんだようになっている部分が多いだけ、動きに気を遣わなければならなかった。

「では、お部屋で」

小林平八郎が三郎の後に従った。

「……での、さっさと帰ることになった」

着替えを手伝わせながら、三郎が苦笑した。

「安堵仕《あんどつかまつ》りました」

狩衣の紐《ひも》を緩めながら、小林平八郎が緊張を解いた。

「では、これから、毎朝殿とご一緒にご登城はなさらないということでよろしゅうございましょうか」

小林平八郎が、確かめた。

「式日と月次《つきなみ》は出かける」

三郎が答えた。

毎月江戸《えど》に在府している大名が、江戸城へ登って将軍と対面することを月次という、朔日《ついたち》、十五日、二十八日と決まっていた。

式日は五節句、徳川家康《とくがわいえやす》江戸入府の八月一日などで、この日は殿中に人が溢《あふ》れた。

「承知仕りましてございまする」

脱がした狩衣を小林平八郎がすばやく形を整えて、乱れ箱へ納めた。

「では、本日はいかがなさいまするか」

常着への着替えを手伝いながら、小林平八郎が尋ねた。

「前触れもなく、道場へ行くのもなんであるし。平八郎、そなた相手をいたせ。剣の稽古《けいこ》をいたそうぞ」

「はっ。お相手仕りまする」

久しぶりに身体を動かしたいと言った三郎に、小林平八郎が微笑みを浮かべた。

高家は雅《みやび》ごとといわれる歌、茶、香などに精通していなければならないだけでなく、武家としての素養も要った。

剣術、槍術《そうじゅつ》、馬術、弓術は必須であった。

このあたりを学んでいないと、なにかのときに馬鹿にされる。

「剣を持ったこともない者に、なぜ我らが注意をされなければならぬのだ」

「なにが従四位、乗輿《じょうよ》資格ぞ。馬に乗った経験もない長袖《ちょうしゅう》もどきが、いい気になりおって」

旗本、大名が高家を甘く見る。甘く見た者の指図など聞くはずもなく、高家の役目の一つである城中礼法礼儀監察ができなくなってしまう。

吉良義冬はそのことを理由に、三郎へ武術鍛錬を課していた。

「参るぞ」

「いつなりともお見えくださいませ」

三郎の声かけに、小林平八郎が首肯した。

二人は紙屋《かみや》伝心斎《でんしんさい》の同門であった。ただ、席次は小林平八郎のほうが、高い。

剣術の稽古では身分の上下ではなく、技量の高い低いが問題になる。基本、拙《つたな》い者が上手《うま》いほうへかかっていく。

木刀を構えた三郎は、思いきって前へ出た。

「おうやっ」

三郎が木刀を軽く上げて鋭く落とし、小林平八郎の右小手を狙った。

「浅い」

すっと体を開いただけで、三郎の一撃を小林平八郎が避《よ》け、そのまま木刀を薙《な》いだ。

「……くっ」

落ちかけた木刀を無理矢理止めた三郎が、小林平八郎の薙ぎをかろうじて受けた。

「足が揃っておりますぞ」

注意点を口にしながら、小林平八郎が三郎に身体《たい》当たりをかました。

「うわっ」

あっさりと三郎が飛ばされた。

「起きなされ」

厳しく小林平八郎が三郎を叱咤《しった》した。

「おのれっ」

自らのふがいなさを罵《ののし》りながら、三郎が跳ね起きた。

「今度こそ」

三郎は木刀を構えることなく、小林平八郎へと奔《はし》った。

「きええっ」

甲高い気合い声とともに三郎が、木刀を水平に薙いだ。

「ふん」

腰を落とした小林平八郎が、逆手にした木刀を前に立てるようにして防いだ。

「思った通りよ」

三郎が駆けた勢いを殺さず、木刀を滑らせるようにしながら、小林平八郎の右手へと回った。

「くらえ」

すでに木刀と木刀は離れている。正面から横へと立つ位置を動かした三郎の一撃を遮るものはなかった。

「甘《あも》うございまする」

小林平八郎の言葉を三郎は聞く間もなく、息を詰めた。

三郎の鳩尾《みぞおち》に、小林平八郎の木刀の切っ先が埋まっていた。

「がはっ」

無理矢理肺のなかの空気を追い出された三郎が呻《うめ》きながらうずくまった。

「……若さま」

小林平八郎が背を曲げて息を吸おうと必死になっている三郎を抱えあげた。

「吸おうとするのではなく、吐き出すのでございまする。さすれば勝手に肺腑《はいふ》に空気が入ってくれますれば」

丸まろうとする三郎の背を伸ばすようにしながら、小林平八郎が助言をした。

「……あ、ああ」

少ししてようやく三郎が息を整えることに成功した。

「座らせてくれ」

抱えられていることを三郎は恥じた。

「はっ」

宝物を扱うように小林平八郎が三郎の背を支えて、姿勢を調えた。

「いけたと思ったのだがな」

三郎が苦笑した。

「お見事な流れでございました。ですが、若さまは決まったと思った瞬間、意識をそこにだけ集めてしまわれ、周囲を気にされませぬ」

一度褒めてから、小林平八郎が悪いところを指摘した。

「そのつもりはないのだがの」

「一対一ならば、よろしゅうございますが、相手が多いときに、一人へ集中してしまいまするると、背中を他の敵から襲われることになりまする」

「数が多い敵ほど、一対一に持ちこみ、一人ずつ片付けて行くべきだと思うのだが」

三郎が言いわけをした。

「それはまちがっておられませぬ。ですが、一人の敵を倒すために、大きな隙を晒《さら》しては意味がございませぬ。数で劣っているときは、一対一では引きが合いませぬ」

「勝敗の勘定が合わぬか」

「はい」

苦笑した三郎に小林平八郎がうなずいた。

「よし、もう一手願おうか」

三郎が立ちあがった。

二

朝議の意味はまったくなくなっている。

五摂家《ごせっけ》を筆頭にときの大臣、納言《なごん》らの役人が一同に集まって、天下の 政《まつりごと》を審議、議論を重ね、決めていったのは鎌倉《かまくら》の初めまでであり、幕府に天下大政を預けて以降は、とりあえず決まりだからと開いているだけに過ぎない。

ここでどのような案が提示されようとも、どのように決定されようとも、何一つ天下には反映されないのだ。

「最近はどないや」

「変わらんわ」

「今年は雪が深そうやな」

「屋根が保《も》ってくれればええけどなあ」

朝議の話題は雑談に等しい。

「そろそろ刻限やな。皆、もうええか」

最上席となる関白二条光平《かんぱくにじょうみつひら》が朝議を終わろうかと言った。

「おじゃりませぬ」

出席していた公家たちが、唱和して朝議は終わった。

「本日の宿直《とのい》は権中納言《ごんのちゅうなごん》どのであったな」

二条光平が思い出したように口にした。

「さようでおじゃる」

近衛《このえ》権中納言基熙《もとひろ》がうなずいた。

五摂家には日替わりで御所《ごしょ》に泊まる義務があった。これこそ、朝廷が天下の実権を握っていたころの名残で、百官を集める余裕のない危急のことがあったとき、遅滞なく対応できるように、天皇と五摂家の一人で合議したという形を取るためのもの、ようは天皇の独断ではないという言いわけ作りである。

もちろん、御所に火事や風害、水害などが及びかけたときに、天皇を守って避難するという役目もある。

「ご苦労でおじゃる。しっかりとあい務めるようにの」

若年だと嘲笑《あざわら》うような口調の二条光平に、近衛基熙が反発した。

「言われずとも」

「では、ご一同」

近衛基熙を相手にせず、二条光平が朝議の場から、五摂家など高位の公家の控えに当たる虎《とら》の間への移動を促した。

宿直の間へ詰める近衛基熙以外の五摂家が、虎の間へと入った。

「若いの」

座るなり、二条光平が笑った。

「笑ってやってはかわいそうでおじゃる。我らもあのころはおじゃりましたぞ」

九条《くじょう》中納言兼晴《かねはる》が、二条光平に手を振った。

「たしかにそうではあるが、聞けば権中納言は、毎朝剣術の稽古をなしておるというではないか」

「のようでおじゃる」

一条右大臣教輔《いちじょううだいじんのりすけ》が苦い顔をした。

「公家たる者が、武家のまねをするなど……」

「なんでも襲撃を受けたとか」

九条兼晴が苦い顔の一条教輔を宥《なだ》めるように付け加えた。

「江戸へ密使として向かった折のことじゃそうだが、なんともはやお忍びとはいえ、公家を襲うなど、やはり武家は血腥《ちなまぐさ》い」

鼻を摘《つ》まむような仕草で二条光平が眉間《みけん》にしわを寄せた。

「それにしてもよろしかったのでおじゃるか」

一条教輔が二条光平に向かって首をかしげて見せた。

「吉良の息子のことかえ」

「いかにも」

確かめた二条光平に、一条教輔がうなずいた。

「権中納言がしつこく願ったからの。まあ、四位にするだけの家柄ではあるし、なにより権中納言さまを救ったという功績もおじゃるでの」

「…………」

平然と答えた二条光平を一条教輔が冷たい目で見つめた。

「気に入らぬようじゃの、右府《うふ》」

右府とは右大臣の別称である。

「そのていどのことで、吉良の極官《きょっかん》である従四位を嫡男に与えるのは、いささか納得が行きませぬの。このままでは吉良の息子は、高家という役目に就く前に極官になってしまったことになりまするぞ」

一条教輔が三郎の出世はもうないと述べた。

「ふふふ」

聞いた二条光平が笑った。

「さすがじゃの。権中納言とはえらい違いでおじゃるわ」

笏《しゃく》で口元を隠した二条光平だったが、しっかりとその端が吊《つ》り上がっていた。

「高家には朝廷の代弁をさせねばなるまい。なにせ、我らが直接幕府と話をするわけにはいかぬでの」

五摂家が会うのは、高家を除けば京都所司代《きょうとしょしだい》だけといっていい。

そして京都所司代は、初代の板倉伊賀守勝重《いたくらいがのかみかつしげ》以降、朝廷に強硬な姿勢の者が続いており、五摂家の望みであろうが、幕府に利なしと判断すると遠慮会釈なく拒絶する。

禁裏付《きんりづき》は武家伝奏《ぶけてんそう》としか折衝せず、五摂家の前に伺候《しこう》してくることはまずない。また、武家伝奏を通じて朝廷の要求を伝えさせても、禁裏付は京都所司代へそれを持ちこむだけしか出来ず、幕府との橋渡しにはなり得ない。

ようは高家だけが、朝廷の欲しいものを幕府へ直接伝えられる。

「とくに吉良は、徳川にとって格別の者じゃ。吉良を通じての話となれば、無視はできまい」

「そのための嫡子四位か。次の除目《じもく》では、親も上げるか」

一条教輔が二条光平に笑いかけた。

「いいや。親はそのままでいってもらおう。息子が当主となり、我らの要求を素直に呑《の》むようになったときに、従四位上にあげてやる」

「では、いずれ三位へ、格を上げてやると」

二条光平の言葉に九条兼晴が目を大きくした。従四位上という位階はある。それを与えられる者も出る。だが、従四位上は常の位階ではなく、三位へ上がるための準備をする期間のようなものであった。

三位以上を公卿《くぎょう》といい、いつでも昇殿する資格が与えられる。武家で三位以上を与えられる者は、今の時代は征夷大将軍《せいいたいしょうぐん》のみである。征夷大将軍でも位階は正《しょう》二位でしかない。かろうじて尾張《おわり》と紀州《きしゅう》の両徳川家の当主が従二位を極官としている。つまり、三位以上とは徳川の一門だけに与えられる格であり、その数は少ない。

「無茶をなさるの」

九条兼晴が嘆息した。

老中でさえ従四位下なのだ。従三位の高家ができれば、どうなるかは自明の理であった。

「主上よりのご内意である」

三郎が朝廷の権威を代行できるのだ。

「待て、それは認められぬ」

老中の誰かが、それを咎《とが》めたとする。

当たり前のことだが、老中は幕府の譜代《ふだい》大名なのだ。朝廷より幕府を重んじる。

「主上のお気持ちに逆らうとは、身の程をわきまえよ」

朝廷に取りこまれた三郎は、それを京へ報告する。

「老中の何々の官位を停止《ちょうじ》する」

怒った朝廷は老中の官位を剝奪《はくだつ》する。朝廷に出来ることはこれくらいしかないが、老中にまで昇った者が、無位無冠では形がつかない。

なにせ城中では官位で相手を呼ぶのだ。

武家だけでなく公家でもそうだが、諱《いみな》を口にすることは禁じられている。身内、主君、よほどの格上でもない者が、ましてや格下の者が諱を呼べば、それだけで争いに発展してしまう。

「信綱《のぶつな》どの」

などと下僚《かりよう》が松平伊豆守《まつだいらいずのかみ》を呼べば、その場で打ち首である。切腹さえ許されない、重罪に処される。

だからといって、「松平さま」では困る。松平を名乗る大名、旗本は山のようにいるのだ。

まちがいなく、幕府は混乱する。

「主上のお怒りに触れた」

こうなれば将軍でも手出ししにくい。形だけとはいえ、天皇は将軍の主君になる。

「ご寛恕《かんじょ》賜りたく」

こう願うのが精一杯になる。当然、詫《わ》びなければならないとなれば、幕府の立場は弱くなる。

「どうすればよいかは、言わずともわかろう」

幕府の詫びを天皇に伝えるのは、五摂家の役目になる。そして弱みにつけこむことにかんして、公家以上に得意な者はいない。

要求を直接伝えることなく、そっちで察しろと公家が言うのは、指定してしまえば、そこでもらえるものが止まってしまうからである。相手に忖度《そんたく》を強いることで、こちらの望んでいる以上のものを得ようとする。これこそ公家の本領発揮であった。

「では、このように」

「…………」

幕府の出してきた詫びを、朝廷は黙殺する。

「なれば、これも」

「…………」

黙殺されたことで足りないと気付いた幕府が、追加をする。それでも無言となれば、幕府の対応は二つに分かれる。

「なれば、けっこうでござる」

官位停止になった者を切り捨てて、朝廷との交渉を打ち切る。

「これ以上は」

ぎりぎりまでの譲歩をする。

「なれば主上にお怒りをお鎮めいただくといたしましょうぞ」

このあたりの見極めは、朝廷の得意とするところである。

要求を口にしないことで、最大限の利を得るのが、朝廷に巣くう公家の技、いや家職であった。

「潰《つぶ》されるぞ、吉良は」

一条教輔が首を横に振った。

「それは幕府の都合じゃ。我らのせいではないわ」

二条光平がにやりと笑った。

「道具か」

「違うぞ。道具に褒美なんぞやらぬ。道具は遣ってなんぼであろ。こっちはちゃんと従三位という位を褒美に出すのでおじゃるゆえな」

嫌そうに頬をゆがめた九条兼晴に、二条光平が平然と答えた。

「よいのか、真実を知ったら、近衛が、権中納言がだまっておらぬぞえ」

九条兼晴が警告をした。

「たかが権中納言の若僧になにができると」

二条光平が高笑いをした。


大政参与《たいせいさんよ》保科肥後守正之《ほしなひごのかみまさゆき》は、密《ひそ》かに家綱《いえつな》と会っていた。

「上様と内密のお話がございまする」

叔父甥《おじおい》の関係にある保科肥後守と四代将軍家綱の間柄だけに、密談の希望はあっさり通った。

「では、休息の間に参ろうぞ」

家綱が、叔父の頼みに腰を上げた。

お休息の間は、御座《ござ》の間を少し大奥へ向かったところにある。その名の通り、執務に疲れた将軍が、茶を飲んだり、囲碁や将棋で遊んだりする場所であった。

将軍の昼寝にも使われるお休息の間だが、その広さはさほどではなかった。一応、上段の間、下段の間に分かれているが、どちらも御座の間に比べると質も劣る。

その代わり、城の奥にあるだけ、他人の出入りは限られ、密談にはもってこいであった。

「どうなされたか、肥後守どの」

臣籍にあるとはいえ、保科肥後守は家綱の父家光《いえみつ》の異母弟、すなわち叔父にあたる。ましてや大政を委任している。それだけに家綱も敬意を持って対応していた。

「上様には、お手間をいただき、かたじけのうございまする」

いくら一門扱いを受けているとはいえ、臣下には違いない。保科肥後守がていねいに礼を述べた。

「で、話とは」

密談の時間は短いほどよい。長くなれば、どうしても周囲の興味を惹《ひ》きつけることになる。

家綱が促した。

「早速ではございまするが……」

保科肥後守が三郎のことを話した。

「嫡子の間に従四位を賜った旗本がいるとは聞いているが、さほど珍しいことでもなかろうと思っておった」

聞いた家綱が告げた。

「たしかに御三家の嫡男たちも部屋住みの間に任官いたしますな」

言われた保科肥後守が納得した。

家綱は将軍嫡子でありながら、幼くしてその地位に就いたため、部屋住みでの任官はなかったが、御三家はほとんど五歳になるかならずで従五位、その後従四位、従三位、正三位と累進、家督を継いで従二位に昇る。

加賀《かが》藩主や仙台《せんだい》藩主なども同様に、嫡子が元服すれば位階をもらうことが多い。

周囲がそうなれば、家綱が三郎の嫡子任官を不思議と思わなくとも当然であった。

「高家でもいきなり従四位下は初めてでございまする」

「名誉なことと喜んでいる場合ではないと、叔父どのは言われるのであるな」

家綱が保科肥後守の懸念に気付いた。

「はい。あまりに名誉すぎまする。これが後々にまで響く……高家が朝廷に気を遣うようになりまする」

「代々嫡子が従四位任官となっていながら、己の代でとぎれては恥……か」

「はい」

家綱の感想に、保科肥後守が首肯した。

「だが、今さら官位返上とはいかぬぞ」

すでに受け取ってしまっている。今、三郎が従四位を返上したとなれば、幕府が介入したとわかる。

「返すことは出来ましょうが、さすれば吉良は高家ではおられませぬ」

官位返上は朝廷からの厚意を踏みにじったに近い行為である。そのようなまねをした者を朝廷が受け入れるはずはなかった。

「吉良を厚遇する理由は」

「幕府への要求を通すためでございましょう。従四位を受け取った以上、吉良は朝廷に対して引け目が出来たことになりまする」

「吉良を取りこんだか。しかし、なぜ吉良なのじゃ」

「それにつきましては、深くお詫びをいたしまする。上様にはお報《しら》せすべきではないと。わたくしめが判断をいたしましてございまする」

保科肥後守が深々と頭《こうべ》を垂れた。

「躬に報すべきではないことと申すのはなんじゃ」

家綱の言葉に不満が含まれた。

「近衛さまが江戸へ……」

こうなれば隠す意味もない。保科肥後守がすべてを語った。

「後光明天皇《ごこうみょう》の日嗣《ひつぎ》にそのようなことが……」

家綱が驚いた。

「近衛さまが、吉良を選ばれた理由はわかりませぬ。吉良がよくお役目で上洛《じょうらく》しておったからかも知れませせぬが」

「あるいは家柄か」

保科肥後守に並んで家綱も首をかしげた。

吉良は武家出身の高家の本家に近い。今川もともとは吉良の分家であるし、品川《しながわ》に至っては今川の分家になる。

「公家出の高家を選ばなかったのは、味方に気を遣うより、敵になる武家出自の高家を懐柔すべきだと考えたのではないかと」

推測を保科肥後守が語った。

高家には源氏《げんじ》出身の吉良をはじめとする武家高家と、勧修寺《かじゅうじ》氏を祖とする上杉《うえすぎ》、六条《ろくじょう》家の流れである戸田《とだ》家、日野《ひの》家のように公家高家があった。

「ふうむ」

家綱が考えこんだ。

公家高家は、どうしても京の本家に気を遣う。さすがに幕府の意向に逆らうまではしないが、多少の融通は利かせる。

それに対して武家高家は、幕府への忠誠心に溢れており、朝廷との折衝でも強気に出ることが多かった。

「吉良を落とせば、今川も品川も強くは出られぬか」

「そうなるかと」

家綱の確認に、保科肥後守がうなずいた。

「どうすればよい」

「吉良の息子を幕府に留《とど》められればよいわけでございまする。そして、それが朝廷の公家どもにもあからさまにわかれば……」

「幕府の警告と取るか、公家どもが」

「さようでございまする」

家綱の思案を保科肥後守が認めた。

「どうやって吉良をつなぎ止める」

家綱が訊《き》いた。

「吉良の息子に妻を用意してくれようかと思いまする」

「婚姻で縛るか」

保科肥後守の意見に家綱が興味を示した。

「官位の次は正室。おそらく公家どももそれを考えておりましょう。さすがに五摂家の姫は出して参りますまいが、清華《せいが》、名家《めいか》、羽林《うりん》あたりの娘ならば、身分も釣り合いましょう。吉良の息子の代で朝廷に取りこめずとも、公家の娘との間に男子が生まれれば、その者は公家高家になりまする」

「次代まで見つめての策か。なんとも気の長いことだ」

家綱があきれた。

「朝廷の歴史は二千年をこえまする。そのうち武家に力を奪われて四百五十年余り、それに比して、代を重ねるは三十年ほど。公家にしてみれば瞬《まばた》きをするくらいでしかありますまい」

「よきようにはからえ」

家綱が保科肥後守の考えを容認した。

三

毎日登城しなくていいとなった三郎を父吉良義冬が居室に招いた。

「そなた病になれ」

「な、なんのことでございましょう」

いきなり吉良義冬に言われた三郎が驚愕した。

「近《ちこ》う寄れ」

吉良義冬の手招きに、三郎が近づいた。

「今回のこと、御礼をせずにすむ話ではない」

「はい」

三郎の任官への礼金を朝廷に渡さなければならない。これも習慣であり、任官を認められた大名、旗本は慣例に従った金額を朝廷に献じていた。

「もちろん、当家の名前で朝廷への礼はすませておく」

「では、わたくしはなにを」

「近衛家に挨拶《あいさつ》をして参れ。今回の除目は近衛さまの強力な推しがあったからなったと聞いている」

「さようでございました」

あまりのことに、すっぽり近衛基熙への礼を忘れていた三郎が納得した。

「……気遣いを忘れるな。高家の武器は刀ではなく、気遣いであるぞ」

「申しわけございませぬ」

父の説教に三郎が頭を垂れた。

「御礼はいかほど」

「それなのだがな。予定していなかった除目であったゆえ、金の用意ができておらぬ。屋敷に残っていた金も、朝廷への礼金、同役、一門などへのお披露目で尽きる」

吉良義冬が嘆息した。

四千二百石という旗本でも指折りの高禄《こうろく》である吉良家だが、内証はかなり厳しかった。

高家は武士の鑑《かがみ》だけに、軍役以上の家臣を抱えなければならない。通常、家禄の七割ほどが家臣たちの禄や扶持《ふち》などに当たるのだが、吉良は八割近くに及んでいる。そこに吉良家は朝廷とのつきあいがあるため、衣装に手を抜くわけにはいかなかった。

「見たでおじゃるかの。吉良の白足袋《たび》、あれは水を潜っておりますぞ」

「狩衣も同じものをずっと身に着けているようじゃ。生地がだいぶんくたびれているではないかえ」

他人の粗探しをさせれば、公家に優《まさ》る者はいない。

「さほどの者ではない」

そして、その粗探しが吉良を印象づけてしまう。

「金を借りねばならぬ」

「……なんとも」

家が己のために借財をする。

三郎がうなだれた。

「そなたのせいではない。なにより、嫡子に従四位を賜るなど、旗本としては前例のない名誉である」

吉良義冬が息子を慰めた。

「なにより、嫡子の段階で従四位ぞ。家督を継ぎ、お役目をこなせば、どこまであがることやら。昇殿も夢ではない」

言いながら吉良義冬が興奮した。

「従三位ともなれば、御上も吉良を放ってはおけまい。三位の旗本など、あってよいものではない。ふふふ、吉良は大名になる」

吉良義冬が笑った。

「はあ……」

三郎にはまだわからなかった。

「だが、従四位と従三位の間には、とてつもない壁がある。この壁をこえるには、吉良だけの力では到底届かぬ」

「……」

黙って三郎は聞くことにした。

「幸い、そなたが近衛さまとの繫《つな》がりを作った。それを大事にせねばなるまい」

「今ごろでございますか」

すでに近衛基熙との出会いから三年経っている。今更、挨拶などかえって失礼に当たるのではないかと、三郎が懸念した。

「待っていたのは、あちらじゃ。よいか、朝廷が上なのだ。その朝廷がなにも動かないときは、こちらから声をかけるわけにはいかぬ。まるで褒賞をねだるようだからの。だが、朝廷が動いた。さすれば、こちらもそれ相応の対応をいたさねばなるまいが」

「そういうものでございまするか」

「うむ」

吉良義冬が重々しくうなずいた。

「当初は、本年の年賀使に紛れこませようと思っていたが、予想以上に芙蓉の間の反発が激しい。今川も戸田も日野も、皆、吉良家を妬《ねた》んでおる。そんなところに世慣れぬそなたを預けるわけにはいかぬ。それこそ、偽りを教えて近衛さまへ無礼を働かせることくらいはしてのける」

「なんと……」

「それが高家というものよ。武士でありながら公家の側面を保つ。己の出世には手柄ではなく、同僚を踏み台にする」

驚いた三郎に、吉良義冬が述べた。

「…………」

「よいか。祝いを口にしながら、背中に短刀を隠しているのは高家である」

啞然《あぜん》とした三郎を吉良義冬が諭した。

「……はい」

三郎は呆然《ぼうぜん》としながらもうなずいた。

「ゆえに、年賀使との同行はなくす。その代わりに、今度はそなたが密使のようにして上洛いたせ」

「わかりましてございまする」

吉良義冬の指図を三郎は理解した。

「その往路で在所へ立ち寄れ」

「在所へ……」

三郎が困惑した。

吉良家の在所は三河の国の吉良庄《きらのしょう》を始めとする八村三千二百石と上野国の白石村など三村の千石を合わせて四千二百石である。

「吉良庄の肝煎《きもいり》村長に金の工面を命じておいた。行きに受け取って、それを近衛さまへお渡ししろ」

「いくらでしょうや」

父の命に、三郎が問うた。

「二百両用意しているはずじゃ」

「……二百両」

金額の多さに、三郎が驚いた。

「そのすべてを近衛さまに」

「いや、近衛さまには百両お渡しいたせ」

「残りは……」

「装束の費えにあてよ」

「他の五摂家方には……」

「密かな上洛じゃ。他の公家衆に見つかるのはまずい。会えば、挨拶をせねばならなくなる。五摂家で二十両、清華以下に十両は渡すことになる。そのようなまねをしていれば、金はいくらあってもたりぬ」

「……気をつけまする」

三郎が震えた。

「よいか、百両はかならず、残せ。その金で、そなたの従四位の衣装を誂《あつら》えるのだからの」

「はい」

念を押した吉良義冬に三郎が首を縦に振った。

「平八郎を連れていけ」

「いつ出れば……」

「正月の拝礼もすんだ。年賀使も出た。旅についてはそなたの用意ができ次第でよいが、病で登城を遠慮する旨、お届けいたしておるゆえ、本陣や脇本陣は避けよ。

旅籠《はたご》を使え」

　吉良義冬が続けた。

「あと関所でのことだが、武家に切手は不要じゃ。名と目的地を申せばいい。とはいえ、そこで吉良三郎と名乗るわけにもいかぬでの。かといって他家の名前を出して、万一表に出た場合は、問題になりかねぬ。吉良の家中の者が、国元へ参る形にすればよいだろう」

「名前はいかがいたしましょう」

「そうよな、吉良の分家筋の東条《とうじょう》といたせ」

「では、東条四郎《しろう》と」

「それでよい」

　息子の思いついた偽名を吉良義冬が認めた。

「ああ、儀介《ぎすけ》を連れていくがいい。儀介は在所から奉公にあがっておる。毎年国元へ塩を受け取りに通っておる。旅慣れもしておるし、なにより村長との面識もある。きっと役に立ってくれるであろう」

　領地持ちの旗本、大名のもとに、雑用小者《こもの》や女中が国元から派遣されることはままあった。寡婦や農家の次男以降で国元では仕事がない者が領主を頼って江戸へ出ることで、村の負担を軽くするのだ。領主にとっても、江戸で流れ者を雇うよりも信頼が置け、給金も安くできることから、これを歓迎していた。

「お借りいたしまする」

吉良義冬が推薦した供の小者を、三郎は受け入れた。


保科肥後守は家綱の了承を取った後、三郎の正室候補を探し始めた。

「従四位に釣り合わねばならぬ」

もっとも保科肥後守の頭を悩ませたのが、家格の問題であった。

「任官前ならば、五千石ていどの旗本で釣り合ったのだが……」

旗本で従四位の位にあがるのは、高家だけといっていい。関東公方《かんとうくぼう》の末裔《まつえい》にあたる喜連川《きつれがわ》家が従四位下左馬頭《さまのかみ》を名乗ってはいるが私称でしかなく、幕府を通じての任官を受けていないため、正式には無位無冠になる。

「大名から選ぶにしても……四位はそうおらぬ」

ほとんどの大名は五位あるいは六位である。石高では吉良に優っても、官位で対抗することは難しい。

「吉良の暴走を止めるだけの力がなければならぬ」

保科肥後守が悩んだ。

「儂《わし》に娘があればよいのだが……」

五男七女に恵まれた保科肥後守であったが、無事に成年した娘たちは嫁ぎ、それ以外は、生まれてまもなく死している。

「家中の娘でも養女にして出すか……」

手頃な娘がいないときに、一門や家中でも名の知れた重臣の娘を養女として、輿《こし》入れさせることもあった。

ただし、この場合は、実の娘を差し出すよりも、相手に気を遣わなければならなくなる。養女なので血が繋がっていないと軽視すると、相手を軽く見ていると取られ、かえって仲をこじらせることになる。

「かといって、上杉どのや鍋島《なべしま》どの、前田《まえだ》どのより丁寧に扱うことはできぬ」

保科肥後守の実の娘は、それぞれ外様《とざま》の大大名に嫁いでいる。さすがにこれらよりも吉良家を優遇することはできなかった。

「どこぞによき娘はおらぬかの」

大名は男子が産まれたならば、幕府へ届け出る。もちろん、側室にもできなかった身分の低い女や、一時の戯れでできた子供までは届け出ないが、同じように女も通知してこなかった。正室との間に生まれた場合で、男子がいないときは跡継ぎの婿を迎えるために、幕府へ届けることはあったが、基本はそのままにしている。

当然、どこの大名に何歳になる娘がいるかなど、幕府でも把握していなかった。

「……表立って探すわけにもいかぬ。当家がらみと取られるのは面倒じゃ」

保科肥後守が歳頃の姫を探しているとなれば、世間は会津《あいづ》藩の跡継ぎである正経《まさつね》の正室だと思いこむ。

家綱の傅育《ふいく》を兼ねた大政参与の保科肥後守の嫡男の正室となれば、それこそ御三家からでも申しこみが来る。

「虎菊《とらぎく》……」

小さくつぶやいた保科肥後守が瞑目《めいもく》した。

保科家の跡継ぎ正経は三男であった。長男は五歳で夭折《ようせつ》、嫡男となった次男正頼《まさよし》も昨年、明暦《めいれき》の火事で類焼した会津藩三田《みた》屋敷の火消しを陣頭で指揮し、見事に役割を果たして見せたが、その無理から風邪を引き、わずか十日ほど寝付いただけで、敢《あ》えなく亡くなってしまった。

「そなたの嫁探しであれば、どれほど心浮き立つことであろうよ」

寂しそうに保科肥後守が肩を落とした。

「吾《わ》が息子ではなく、他人の嫁探しをすることになるとはの」

盛大に保科肥後守がため息を吐いた。

「……いかぬな。今はそんな感慨を持っている場合ではないわ」

しばらくして保科肥後守が気を取り直した。

「誰ぞ、おらぬか。留守居役《るすい》をこれへ」

保科肥後守が近臣を呼んだ。

留守居役は藩と藩のつきあいを担当する役目である。当然、諸藩の内情にも詳しい。

「お呼びでございまするか」

顔を出した留守居役を保科肥後守が見つめた。

「そなたに……」

保科肥後守が感情を殺して、留守居役に命じた。

四

酒井《さかい》雅楽頭《うたのかみ》は、毛利《もうり》長門守《ながとのかみ》綱広《つなひろ》を屋敷に呼び出した。

「あいにく、主《あるじ》、体調を崩しておりまして、御前体《ごぜんてい》に失礼があってはなりませぬので、主に代わりまして、わたくしが……」

だが、老中の呼び出しも毛利綱広は無視した。

「病だと申すか」

「は、はい」

毛利綱広の代わりだと来た江戸家老福原《ふくはら》に酒井雅楽頭の表情が変わった。

「先日の月次も長門守は病を言い立てて、登城せなんだの」

「…………」

目を吊り上げた酒井雅楽頭に、福原が黙った。

「まちがいなく、病なのだな」

「ま、まちがいございませぬ」

念を押した酒井雅楽頭に、福原が強く首を縦に振った。

「そうか。それではとても務まるまい。防長《ぼうちょう》の太守《たいしゅ》が病がちでは、万一九州で謀反が起こったときの砦《とりで》として不足じゃ」

「そ、それは……」

酒井雅楽頭の言葉に、福原が蒼白《そうはく》になった。

藩主病弱につき、その任に能《あた》わずというのは、ままある。とくに要地を抑えている大名に、幕府は厳しい。

「ふさわしからず」

そう幕府が判断すれば、よくて隠居、当主交代。悪ければ減封《げんぽう》のうえ、僻地《へきち》への転封。最悪の場合は、改易になる。

「お、お待ちを。主長門守は、風寒でございまして。数日で回復いたしまする」

軽い病で数日で治ると福原が言いわけした。

「ほう、風寒で数日で本復すると」

「さ、さようでございまする」

福原は必死で何度もうなずいた。

「なれば、十日後には吾が前に来られるのだな」

「…………」

言われた福原がもう一度黙った。

仮病を使っている毛利綱広が、それに従うはずはないとわかっていたからである。

「十日後、かならず来い。今度は病は通らぬ。もし、十日後、来なければ……相応の覚悟をしてもらおう」

「十日……」

「家老の首で代わりになると思うな。そのようなまねをしてみろ。潰すぞ」

「……わかりましてございまする。かならずや」

冷たい声で宣した酒井雅楽頭に、福原が手を突いた。

まるで己が風寒のように震えながら、毛利家上屋敷へ福原が戻ってきた。

「殿は」

福原が出迎えた用人に訊いた。

「お居間でお休みでございまする」

「酒か」

「……はい」

用人が目を伏せた。

「ご老中さまの御用は」

「言わずともわかろうが」

小声で探るように訊いてきた用人を、福原が怒鳴りつけた。

「…………」

用人が首をすくめた。

「十日後、かならず顔を出せとのご諚《じょう》であった。もし、そのとき来ぬとあれば、覚悟をいたせと」

「か、覚悟を……」

氷のような目をした福原に、用人が腰を抜かした。

「わかったならば、さっさと台所へ行け。これ以上、殿に酒を出すな」

「はっ」

用人が走っていった。

「潰れるとなって、ようやく気を入れたか」

福原が嘆息した。

藩士はどうしても当主の気に入られようとする。藩主に気に入られれば出世し、嫌われれば冷遇される。当然のことであったが、度をこすと暗愚な主君を生みだすだけになる。

「どれ、儂も腹をくくるか」

福原が両手で顔をはたくようにした。

「よしっ」

毛利綱広のもとへ向かって福原が足を踏み出した。

寵臣《ちょうしん》たちと酒盛りを楽しんでいた毛利綱広の前に、気迫を込めた福原が現れた。

「どうした、そんな顔をしていては、身体に悪いぞ。少しは気を抜け、そなたは固すぎる。おい、誰か盃《さかずき》を貸してやれ」

毛利綱広が、福原にも呑めと言った。

「お他人《ひと》払いを願いまする」

険しい表情を変えず、福原が毛利綱広に求めた。

「不要じゃ。ここにおる者は皆吾が腹心よ。どのようなことがあろうとも、余のためになることしかいたさぬわ。のう、内膳《ないぜん》」

「はい。わたくしどもは、皆、殿へ忠節を捧《ささ》げておりまする」

内膳と声をかけられた若侍が、酒に頰を染めて首肯した。

「榊《さかき》、下がれ」

内膳に福原が命じた。

「殿……」

「ならぬ。余が許す」

窺《うかが》うように見る内膳に毛利綱広が福原の命を取り消し、出ていかずともよいと許可した。

「ご命でございますれば……」

内膳が福原に逆らった。

「ではいたしかたございませぬ。ここでお話をいたしまするが……ご老中さまからのお言葉でございますれば、万一外に漏れるようなことがあった場合は、この者どもの失態といたしまする」

「……お待ちを」

内膳が慌てた。

「先ほど、お呼び出しに応じまして……」

止めようとする内膳をいない者として福原が話を始めた。

「殿」

泣きそうな顔で内膳が毛利綱広を見あげた。

「止めよ、福原」

寵臣の哀願に、毛利綱広が応じようとした。

「月次登城も病い、老中の呼び出しも病気で参上しない。このようなありさまでは……」

毛利綱広の声を無視して福原が続けた。

「待て、待てと申しておる。聞こえぬのか、福原」

大声で毛利綱広が遮ろうとした。

「……とても九州への抑えとしての」

「殿、御免を」

「ご無礼仕りまする」

内膳を始めとする寵臣たちが、酒の酔いも吹き飛ばして逃げ出した。

「福原、おのれは……」

その様子に毛利綱広が怒り心頭といった顔をした。

「役目にふさわしいとは思えずと酒井雅楽頭さまがお怒りでございました」

「……………」

言われた毛利綱広が真っ赤になった。

「余、余を防長の太守に足りぬと申したのか、雅楽頭めは」

わなわなと毛利綱広が震えた。

「おまえは、それを黙って聞いていたのか。主が虚仮《こけ》にされているというのに……」

「当然でございましょう」

福原も開き直った。

「病を言い立てて出てこぬ将では、戦えませぬ」

「なんだとっ」

「殿の采配《さいはい》で戦うのが、家臣の役目。たとえ万の軍勢に百で立ち向かえと言われても、参りましょう。しかし、病で引きこもっておられるお方が大将たり得るはずはございませぬ。どなたかご一門かあるいは、はばかりながら我ら執政が代将として立つことになりまする」

憤る毛利綱広に福原が続けた。

「おわかりでございましょうや。代将を御上が認める。それは、殿が不要ということ」

「…………」

毛利綱広が絶句した。

「十日後、殿がご自身で酒井雅楽頭さまにご弁解いただきまする」

「……そのようなもの、余は参らぬぞ」

福原の話に毛利綱広が首を横に振った。

「余は西国の太守、十カ国の主毛利元就《もとなり》公の直系である。その余が、たかが徳川の家臣にすぎぬ雅楽頭に詫びを言わねばならぬなど……」

「お見えにならなければ、御覚悟をいただきたいと」

「覚悟だと……」

毛利綱広が怪訝《けげん》な顔をした。

「…………」

それに答えず、福原はじっと毛利綱広を見つめた。

「余を隠居させると」

「ご老中さまのお考えは、わたくしどもの及ぶところではございませぬ」

問うた毛利綱広に福原は逃げた。

「そこを確認してこなかったのか」

「帰れとのお下知《げち》でございました」

訊く間もなく追い出されたと福原が偽った。

「余は行かぬぞ」

「さようでございまするか。では、わたくしはこれにて」

我を張った毛利綱広に、福原が退出をすると言った。

「待て。よいのか」

「殿のお決めになることでございまする」

驚いた毛利綱広の質問に、福原が首を横に振った。

「もう一度、そなたが参り、雅楽頭を説き伏せて参れ」

「無理でございまする。今後は殿でなければ、お会いくださらぬと」

「金じゃ、金を遣え。金を遣えば……」

「ご老中さまに賄《まいない》は通じませぬ」

これ以上、上はないのが老中である。出世は頭打ちになっている。どれほど金を遣っても仕方ないのだ。

また、老中が賄を受け取って、便宜を図ったと知られれば、罪は重くなる。幕政最高の権力者が、世間の信用を失う。これは幕府が天下の信頼を失うに等しい。もし、そのようなまねをすれば、老中を罷免されるだけではすまず、その身は切腹、家は改易となる。

「なにを言っても、余は行かぬぞ」

「ですから、お好きになさいませと申しあげましてございまする」

まだ愚図《ぐず》る毛利綱広に、福原が冷たく応じた。

「よいのか……」

「はい。代わりの者に行かせますれば」

「なんじゃ、代わりが出るのであれば、余はいかずともよいの」

福原の言葉を聞いた毛利綱広が安堵した。

「よろしいのでございますな」

「うむ」

毛利綱広がうなずいた。

「では、日向守《ひゅうがのかみ》さまにお願いをいたしましょう」

「徳山《とくやま》にか」

福原の口から出た名前に、毛利綱広が嫌そうな顔をした。

毛利には分家が二つあった。一つが徳山毛利日向守就隆《なりたか》、もう一人が長府《ちょうふ》毛利綱《つな》四郎《しろう》である。

「他に適任の方がおられませぬ。長府の綱四郎さまは、まだ九歳とご若年でございますれば、とてもご老中さまのもとでお話をなさるのは難しいかと」

もう一人の候補には無理だと福原が首を左右に振った。

「徳山は信用ならぬ」

毛利綱広が吐き捨てるように言った。

「あやつは、毛利から離れようとしておる。独立した大名になりたいがため、なにを言い出すかわからぬぞ」

「独立でございますか。それはありませぬな」

福原が笑った。

徳山とは、毛利藩の藩内支藩と呼ばれる分家である。関ヶ原《せきがはら》の合戦の責任を取らされて大幅な減封を喰《く》らった毛利輝元《てるもと》の次男就隆が三万一千石余をもって初代藩主となっていた。

本家を継いだ兄秀就《ひでなり》があまりにわがままであったため、早くから兄弟の仲は悪く、三代将軍家光が領地朱印状を諸大名に渡し、あらためて臣下の誓いをさせようとしたことに乗じ、藩内藩から独立した大名になろうと画策した。

残念ながら、その企《たくら》みは本家に見抜かれてならなかったが、それによってより本家、分家の仲は悪くなった。

本家の秀就が先年死去し、綱広が跡を継いだ今でも、徳山毛利家との完全な和睦《わぼく》はなっていなかった。

「なにを甘いことを申すか。老中のもとに行き、毛利家を代表して応答するのだぞ。そのときに己の望み、本家からの独立を願わぬはずはなかろうが」

毛利綱広が福原に嚙《か》みついた。

「おわかりではないようで……」

福原があきれたように首を横に小さく振った。

「なにがわかっておらぬと言うのだ」

苛《いら》立った毛利綱広が、大声を出した。

「お平らに。なんのための他人払いかわかりませぬ」

落ち着いて福原が毛利綱広を宥めた。

「……言え」

深く息を吸って、少し落ち着いた毛利綱広が福原を促した。

「日向守さまが、本家の主となられるからでございまする」

「……なんだと」

一瞬毛利綱広が唖然とした。

「殿は御隠居。代わって分家から日向守さまが戻られ、徳山藩は本家に吸収となりまする」

「なにを申しておるか、わかっておるのか、そなた」

毛利綱広が声を低くして、福原を睨《にら》んだ。

「わたくしの意見ではございませぬ。これは雅楽頭さまの……」

「覚悟とは、そのことか」

かっと毛利綱広が目を見開いた。

「なにせ日向守さまは、幼年のころ二代将軍秀忠《ひでただ》さまよりご寵愛を受け、証人として長く江戸で過ごしておられまする。当然、御上の受けもよく、毛利家のご当主として問題のないお方でございますれば」

福原が語った。

証人、すなわち大名の人質は、正室あるいは嫡男とされていた。当然のことながら、毛利家は輝元の嫡男で綱広の父秀就を江戸へ差し出した。しかし、遅れて江戸へ目通りの挨拶に出向いた就隆が秀忠の目に留まったことから、証人の交代がおこなわれたのである。

「そなたは、それを受け入れたのか」

「断れまするか」

当主交代を認めるのかと迫った毛利綱広に、福原が逆襲した。

「殿が、月次登城を嫌がられる。ご老中さまのお呼び出しを仮病で逃げられる。その結果でございまする。わたくしごときがどうできるものでもございませぬわ」

福原が主君に言葉を叩《たた》きつけた。

「……そなたがその場で腹を切って詫びれば……」

「それをしたら潰すと」

まだ逃げようとする毛利綱広に、福原が止《とど》めを刺した。

「…………」

毛利綱広が沈黙した。

「いかがなされまするか。十日後西丸下《にしのまるした》の雅楽頭さまのお屋敷へ向かわれまするや、それともご隠居なさいますや」

福原が迫った。

「待て、急《せ》かすな」

鋭い目で答えを待つ福原を、毛利綱広が手で制した。

「明日じゃ。明日。明日返事をする。それまで待つがよい」

「……遠乗りなどをなさることは」

嫌なことを毛利綱広は避けてきた。わがまま放題に育ってきただけに、辛抱や我慢ができないのだ。

福原が疑いの目で毛利綱広を見つめた。

「わ、わかっておる」

「もし逃げ出された場合は、有無をいわさず日向守さまにお願いをいたしまするぞ」

腰の引けている毛利綱広に、福原が厳しく釘《くぎ》を刺した。

「酒井雅楽頭であったな」

「いかにも」

確認した毛利綱広に福原が首肯した。

「わかったゆえ、下がれ」

「……では」

手を何度も振る毛利綱広を疑いの目で見ながら、福原が御前を下がった。

「おのれ、家老ごときが……」

一人になった毛利綱広が唇を食い破った。

「どうしてくれよう。元就公の直系たる余を隠居させるなど……」

毛利綱広が考えこんだ。

「酒井雅楽頭……待てよ。そういえば、酒井と吉良には縁があったはず。雅楽頭には手出しできぬが、吉良ならば人も少ない。生意気にも従四位下を朝廷から賜った嫡男がいたの。あやつを掠《かす》め、それを幕府に恨みのある牢人《ろうにん》の仕業としたのち、余が救えば、酒井への貸しになる」

毛利綱広が皮算用をした。

「吉良は縁起の悪い相手だが、やむを得ぬ。……内膳、内膳。参れ」

腹心を毛利綱広が呼び寄せた。

第三章　上洛の途

一

三郎《さぶろう》と小林平八郎《こばやしへいはちろう》、儀介《ぎすけ》の三人は、京《きょう》を目指して東海道《とうかいどう》を上った。

「まずは箱根《はこね》関所が難関か」

武士は誰何《すいか》だけですむとはいえ、偽名を使うことになる。江戸《えど》を出たばかりだというのに、三郎が懸念を口にした。

「その前に、六郷《ろくごう》川がございまする」

大きな荷を背中に担ぎながら、儀介が述べた。

「三河吉良庄《みかわきらのしょう》まではどれくらいか」

「おおよそ七十五里（約三百キロメートル）ほどございまする」

「何日くらい要る」

「一日何刻《とき》くらい歩くか、歩く速さはどのくらいかで前後いたしまするが、六日から七日ほどかと」

続けて訊《き》く三郎に、儀介が答えた。

「六日もかかるのか」

「急げばもう少し縮められましょうが、若殿さまにとって初めての旅路でございまする。少し余裕をもたれたほうがよろしいかと」

難しい顔をした三郎に、儀介が首を横に振った。

「余裕など要らぬ」

「若さま、慣れたる者の言うことは軽々になさってはなりませぬ」

若者らしい意見を口にした三郎を小林平八郎が諫《いさ》めた。

「しかしだな。少しでも早く用を終わらせ、江戸へ戻らねばならぬのだぞ」

「仰せの通りでございまするが、無理はかえって手間を生みまする」

納得のいっていない三郎の言葉に小林平八郎が首を横に振った。

「若さまもお気づきでございましょう。足下の感覚がいつもと違うことを」

「それは……」

「普段履いているものと草鞋《わらじ》は力の入り具合、足底の厚み、足への紐《ひも》のかけ方など、すべてが違っておりまする」

小林平八郎が続けた。

「慣れぬ間は草鞋というのは、足にかかる負担が多くございまする。親指と人差し指の股《また》のところ、足の裏、踵《かかと》の上に豆がよくできると言いまする。どこが傷付きましても、足運びは悪くなりまする」

「そのくらいは辛抱できよう」

三郎が足の痛みには耐えられると反論した。

「いいえ。師の教えをお忘れでございまするか」

「師の教え……伝心斎《でんしんさい》先生のお言葉……」

小林平八郎に言われた三郎が思い出そうとした。

「足もとをおろそかにするなと伝心斎先生は、口癖のように繰り返されまする」

「たしかにそうだが……」

稽古《けいこ》と旅は違うだろうと三郎は納得していない。

「足が痛くて渾身《こんしん》の一撃が出せましょうか。足もとが万全でなく神速の動きが出せましょうか」

「むっ」

「足腰が不安定で、敵の一刀を受け止められましょうか」

「わかった」

理詰めで来られた三郎がうなずいた。

「ご無礼を申しましたこと、お許しくださいませ」

「いいや、吾《われ》が頑迷であった」

主筋《しゅうすじ》に対しての言動ではなかったと詫《わ》びる小林平八郎に三郎が手を振った。

「儀介、すまぬの」

「と、とんでもございませぬ」

まさか嫡男に頭を下げられるなどと思ってもいなかった儀介が慌てた。

「旅のことは無知じゃ。そなたに頼るしかない。任せる」

「へ、へい。と、とんでもございませぬ」

儀介が混乱したまま、何度も首を上下に振った。

「で、では、参りまする」

硬くなったまま、儀介が歩き出した。

「旅支度だと……」

その様子を窺《うかが》っている者がいた。

近衛基熙《このえもとひろ》襲撃の一件で責任を押しつけられた毛利《もうり》藩瀬木《せき》衆の一人である。瀬木衆は当初、毛利藩の失態を知る吉良家を潰《つぶ》すため、屋敷に火を掛けようと考えていたが、吉良の屋敷が城近くにありすぎ、一つまちがえて飛び火が廓内《かくない》に舞いこめばまずいと、方法を変えたのであった。

「愚か者が。火付けなどして、もし吉良から当家との軋轢《あつれき》を目付《めつけ》に言われて見よ、どうなるか」

火付けを聞いた福原《ふくはら》が激怒して、瀬木衆を叱り飛ばしたというのもあった。

「貴様らの禄《ろく》を召しあげる」

「それでは生きていけませぬ」

福原に言われた瀬木衆が絶句した。

「馬鹿をしでかした者の責任を取るのだ。すべてを差し出すのが当然であろう」

「我らに死ねと……」

瀬木衆の頭領が悲愴《ひそう》な顔をした。

「吉良さまへお詫びをせねばならぬ。その詫びをそなたたちの禄で賄う」

「…………」

「安心いたせ。お詫びというたところで永遠ではない。まずは五年」

「五年……」

無禄で五年は耐えられなかった。

「扶持《ふち》だけはくれてやる」

ここで冷たく突き放すのは悪手であった。それこそ、自暴自棄になって、なにをしでかすかわからない。下手をすれば、幕府への密訴、吉良家への逃げこみなど、毛利を潰す行為に出かねなかった。

「……扶持」

「四人扶持ずつじゃ。組頭のお前には五人扶持くれてやる。それでどうにかせい」

「ですが、それでは役目を果たすことは難しゅうございまする」

扶持は一人で一日玄米五合支給される。四人扶持で二升になる。これでは食べていくのが精一杯で衣服、武具、武芸の修練は無理になる。

「役目は吉良家の見張りじゃ。当主や息子がどこへ出かけたかを調べて報告せい」

じっと身を潜めての見張りだけならば、忍耐力さえあればいい。

「わかりましてございまするが、もし、江戸を離れるというようなことになったときは……」

旅費の用意はできないと組頭が、福原にすがった。

吉良は領地持ちの旗本である。国入りすることもある。また、高家《こうけ》としてお役目で上洛《じょうらく》することも多い。

「そのときは、急ぎ屋敷へ報《しら》せよ。旅費をくれてやるか、別の者を出す」

「見張りだけでよいと」

「そうじゃ」

「忍びこんで内情を探ることもできまするが」

戦国期の毛利家を支え、元就《もとなり》による躍進の大きな手助けになった世鬼《せき》忍者が、見張りだけという案山子《かかし》のような扱いはどうかと、組頭が提案した。

「要らざることをするなと申したはずだが」

福原は吉良義冬《よしふゆ》とやりあって、とても一筋縄でいかないと理解していた。

「これ以上、当家に弱みを作らせる気か」

「そのようなことはございませぬ」

家老を怒らせれば扶持米もなくなる。

すでに戦国は終わった。乱世の闇を支配した忍の時代は終わっている。伊賀《いが》も甲《こう》賀《が》も今は幕府の下働きでしかないのだ。ここで毛利家を見限っても、どこの大名も無用となった忍を引き取ってくれない。

「承知いたしました。ですが、いつかは……」

「わかっておる。かならず禄は旧に復してくれる。ただし、殿のご機嫌、吉良家のお怒りが変わるまでは辛抱せい」

生きていくためには案山子でもいい。瀬木衆が折れた。

それ以降、瀬木衆が交代で吉良の屋敷を見張っていた。

「吉良家当主、駕籠《かご》にて屋敷を出ましてござる」

「それは年賀のあいさつであろう。跡を付けるに及ばず」

「吉良の息子が紙屋《かみや》伝心斎の道場を訪れましてございまする」

「稽古であろう。気にするな」

結局、瀬木衆の出番はないままに日が過ぎた。

そしてようやく、三郎たちが品川《しながわ》へ向かうのを瀬木衆が見つけた。

「三田《みた》の下屋敷へ走れ」

瀬木衆は万一も考えて二人一組で動いている。

「わかった」

鍛冶橋御門《かじばしごもん》から品川へ向かう途中に毛利家の三田の下屋敷はある。瀬木衆の報告を受けた早馬が赤坂の屋敷へ走った。

「……なんだと。吉良の嫡男が供を連れて品川へ向かっただと」

福原の留守のときに代理を務める用人の辰巳《たつみ》が瀬木衆の報告に驚愕《きょうがく》した。

「品川で物見遊山ということも考えられるが……」

東海道の始まりともいうべき品川は、旅人と見送りの家人で賑《にぎ》わい、別れを惜しむ宴席や休憩所としての茶店、料理小屋が多く建っている。今では、江戸市中で吉原《よしわら》以外は許されていない遊郭もでき、日帰りで遊ぶ客もいた。

「供に付いていた小者《こもの》が大きな荷を背にしておりました」

「……ふむ。わかった。瀬木衆から三人出せ。旅費をくれてやる。どこへ行きなにをしたのかを確かめてこい」

「はっ」

小判を六枚受け取った瀬木衆が詰め所へと駆け込み、同僚を連れて走り出した。

「辰巳どの、今のは瀬木衆……」

「なっ、内膳《ないぜん》ではないか。どうして」

用人部屋の廊下で藩主の寵臣《ちょうしん》が立ち聞きをしていた。

「殿より、御手元金をと命じられまして」

御手元金とは、藩主の小遣いである。

「なににお遣いになると」

「吉原へ参られたいとのことでございまする」

「戯《たわ》けたことを申すな。殿は、今病で療養中であるぞ。吉原などで遊んでいると御上に知られれば、どうなるかわかっているのか」

「ご諚《じょう》でございまする」

「出せるわけなかろうが」

上意だと迫る内膳を、手厳しく辰巳が拒否した。

「……殿に申しあげまするぞ」

「かまわぬ」

言いつけるぞと告げた内膳に、辰巳が手を振った。

「…………」

一度辰巳を睨んで内膳が去っていった。

「中身までは聞かれなんだか」

金の話に終始したことで辰巳が安堵《あんど》した。

小走りに毛利綱広《つなひろ》の前に戻った内膳が、顚末《てんまつ》を語った。

「なにっ。瀬木衆が吉良の息子が品川へ向かっていると報告していたのだな」

聞いた毛利綱広が嗜《たしな》んでいた酒を膳《ぜん》に置き、身を乗り出した。

「まちがいございませぬ」

金を得られなかったことでの叱りを避けられた内膳が、ほっとしながらうなずいた。

「そうか。これでどうにかなるな」

毛利綱広が笑った。

「内膳、そなた吉良の息子の面体を存じておるな」

「はい。何度か屋敷前で確認いたしております」

寵臣にしてみれば、主君の仇《かたき》に近い。内膳たちが吉良の屋敷を睨みに行ったのは当然であった。

「よし、四人、いや、全員出ろ。前に命じたとおり、吉良の息子を吾《わ》が前に連れて参れ」

「首にしてでございまするか」

命じた毛利綱広に内膳が確認した。

「殺しては交渉の材料にならぬ。家臣と小者は殺してよいが、吉良の息子は生かしておけ。多少の傷は許す」

「……わかりましてございまする」

毛利綱広の指図に内膳が首肯した。

「では、しばしご不便をお掛けいたしまする。参ろうぞ、皆の衆」

内膳が同僚を誘って、毛利綱広の前から下がった。

「これでよい。見ておれ、福原、雅楽頭《うたのかみ》。余の本気をな」

毛利綱広が盃《さかずき》に残っていた酒を呷《あお》った。

二

「……近衛さまではないが、旅とはなんとも趣のあるものか。見るもの、見るものが目新しいわ」

品川をこえた辺りで三郎が小林平八郎に話しかけた。

「さようでございますな」

小林平八郎も同意した。

「江戸より、品川のほうが帆が多いの」

「あれはなんだ。女が道を塞《ふさ》いでおるぞ」

目につくものを三郎が興味深げに見た。

「なぜ旅籠《はたご》の二階から、肌も露《あら》わな女が手招きをしている」

三郎が遊女屋に驚いた。

すでに元服をすませてはいるが、まだ三郎は女を知らなかった。

「高貴なる血を、そのあたりに撒《ま》くわけにはいかぬ」

吉良義冬が止めていたのである。

「婚姻が決まれば、儂《わし》が選んだ女と閨《ねや》ごとをさせる」

名門というのは、いろいろと制約があった。

歳頃になった男が、屋敷の女中に手を出すなど当たり前であるが、それを認めてはいけないのが高家であった。

高家が高家たり得ているのは、血筋の高貴さである。

言うまでもなく、血筋は男系を基礎としている。父親が名門であれば、母親が女中であろうが、端女《はしため》であろうが、その血筋として認められる。

しかし、母親の出自が悪いと、家督の継承や官位などで不利になる。

「吉良どのの生母は、どこの出かもわからぬ庶民であるそうな」

血筋しか誇るもののない高家にとって、それを侮られるのは、なによりも辛《つら》い。

かといって、婚姻まで女を知らずにいるのは、まずかった。

当たり前のことだが、名門の正室は処女を求められた。でなければ、嫁いですぐに子を孕《はら》んだとき、それが婿のものかどうかが確信できなくなるからである。

ときによっては後家や再縁の正室を迎えることもあるが、それはほとんど例外に近いし、その場合は閨ごとを一定期間しないことで、生まれてくる子供の正統性を保つ。

つまりは、夫婦揃って初めて同士になるのが普通なのである。

当然、どちらも経験がない。とくに女の場合は痛みを伴うことも多い。もともと箱入り娘で怪我一つしたことのない女にとって、のしかかられるだけでも恐怖なところに、無理矢理押し入られるのだ。痛みと恐怖から逃げ出そうとする者も出る。それを慣れた男ならば、なだめるだとか、ときをかけるとかで落ち着かせられるが、初めてだとそうはいかない。

「やらなければいけない」

男にも圧力はかかっている。

なにせ、武士にとって子孫を残す以上の使命はないのだ。

逃げようとする者、無理矢理でも威容を保とうとする者。それが合わされば碌《ろく》なことにならないのはわかる。

されど女に経験させるわけにはいかないのだ。そこで男だけでも経験をさせて、うまく妻をあしらえるようにする。

そのために、名家では家中の寡婦などに因果を含めて、若君の初めての相手にさせる。閨ごとに長《た》けた女から、いろいろ教わることで、本番を無事に終わらせる。

だが、これにも問題があった。

男というのは辛抱が効かないもの。一度女を知ってしまうと、またしたくなる。

そして数を重ねるほど相手に情を感じていく。

「あの者を側室に」

初めての相手をしてくれた女に固執してしまう。

「ならぬ」

妻を娶《めと》る前から、別の女を抱えているなど、外聞が悪いにもほどがある。

「某《なにがし》の息子は、下が……」

噂になるだけですめばいい。

「いささか問題でござろう。正室の前に側室とは、当家に思われることがござると考えてよろしいな。では、縁はなかったこととさせていただこう」

下手をすれば縁談そのものが潰《つぶ》れてしまう。

ゆえに婚姻が決まって、輿《こし》入れが近づくまで、名家の息子というのは、女を側に寄せないのが通例であった。

「あれは遊び女《め》というものでございまする」

「遊び女……吉原か」

「同じようなものでございまする」

小林平八郎が三郎の疑問をざっとした説明で避けた。

「それより、あれをご覧あれ」

小林平八郎が海とは反対側の丘を指さした。

「……おおっ。なかなかに立派な屋敷ではないか」

大甍《おおいらか》が並んでいる様子に、三郎が感嘆した。

「このあたりには、西国外様《とざま》大名の屋敷が並んでおりまする。あのもっとも大きな屋根はおそらく肥後《ひご》の太守《たいしゅ》細川《ほそかわ》越中守《えっちゅうのかみ》さまのお屋敷かと」

「あの細川さまか」

三郎の興味が遊女から逸《そ》れた。

「さようでございまする。八歳で家督相続を認められた唯一のお方」

小林平八郎が述べた。

「肥後返上の書付だの」

三郎がうなずいた。

肥後返上の書付というのは、細川家の先代細川肥後守光尚《みつなお》が遺言として幕府へ提出した書状のことを指した。

三十一歳で死の床についた細川光尚は、吾が子綱利《つなとし》がまだ七歳と幼く、このままでは肥後細川家は改易になるか、減封、転封の憂き目に遭うと考え、ならば最初から下手に出るべきだと、息子では肥後を抑えきれないので、幕府へ所領をお返しすると申し出たのだ。

当初、従来の前例通り、細川家を取りつぶし、息子に一万石か二万石ほどの先祖の祭祀《さいし》を保てるていどの少領をくれてやるつもりだった幕府が、これにほだされた。

「まことに神妙。まさに諸大名の鑑《かがみ》。細川肥後守の忠節に報いねばなるまい」

幕府の考えが一変、後見役を設けるという条件を付随したが、そのまま細川綱利に、細川家は継承を許された。

「御上が前例を変えた」

一時、この話題で城中は沸き立ち、三郎の耳にも話は届いていた。

「所領を返上するというのは、なかなかにできぬことよな」

「できませぬ」

三郎の感慨に、小林平八郎も同意した。

一所懸命と言われるくらい、武士は土地への執着心が強い。もともと敵を倒して、その所領を奪い、吾がものとしてきたのである。

そして土地は生活の基盤になる。そこからあがる年貢が、武士の収入となり、そこを代々受け継ぐことで、子々孫々まで食べていける。

つまり土地がなければ、武士は生活できない。いや、土地を持たない者は、武士でないといえる。

主君から扶持米をもらっている土地なしの武士もいるが、やはり扶持米取りは、土地持ちの武士に比べて、下に見られる。

三郎もいずれは父吉良義冬の所領を継ぐ。もし、継ぐべき土地がなければ、三郎は武士ではなく牢人《ろうにん》となる。牢人に高家など務まるはずもない。

「上様へのお目通りはすんでいるゆえ、吾の相続に問題はないが……」

将軍に会う。これで吉良家の跡取りとして認めてもらっている。三郎が吉良義冬より先に死ぬようなことがなければ、まちがいなく家督は受け継げる。

三郎の家督相続に異議を唱えるのは、四代将軍家綱《いえつな》に逆らうに等しい。

「家とは重いものよな」

しみじみと三郎が言った。

「若殿さま、そろそろ……」

言いにくそうに儀介が急《せ》かした。

「おおっ。すまなかった。参ろう」

三郎が歩みを再開した。

毛利家の瀬木衆は、綱広から吉良家への対処を任された鞆初衛門《ともはつえもん》の失策で、干されていた。形だけとはいえ、藩主の陰警固《かげけいご》などをおこなっていたのを、ただの小者扱いに落とされていた。

「ここで復活をせねば、ずっと小者のままである」

瀬木衆は焦っていた。

「付いてこい」

そこへ内膳が誘いを掛けた。

「殿に取りなしてくれる」

「まことでございますか」

あっさりと瀬木衆は乗った。

毛利家は関ヶ原《せきがはら》の合戦で徳川家康《とくがわいえやす》の策に嵌《は》められ、百二十万石と言われた大領から三十万石まで減らされた。

百二十万石から三十万石、家臣の禄を減らすだけでやっていける範囲ではなかった。

「召し放つ」

「藩の苦境を察してくれ」

「旧に復したときは、かならず呼び戻す」

そう言われて半数以上の家臣が放逐された。

幸い、瀬木衆はその影響を余り受けなかった。その理由は、瀬木衆を追放したところで、さほどの石高は浮かないからであった。

しかし、本禄は追放されずにすんだだけ、減らされた。

そこへ今回の騒動である。瀬木衆はまさに溺《おぼ》れる者は藁《わら》をも摑《つか》むで、内膳に従った。

「なんとしても吉良の息子を……」

屋敷を出た瀬木衆と内膳以下五人の藩士は、三郎の後を追った。

東海道は京と江戸を結ぶ重要な街道である。幕府は人やものの動きを円滑にするため、道中《どうちゅう》奉行を設け、街道筋を所持している大名たちを使って整備した。

とはいえ、街道は軍勢の移動にも使われる。

幕府は天下の政《まつりごと》をするとはいえ、もとは徳川家である。江戸城を攻められては困るため、途中でわざと手間取るようにしている。

その最初の一つが六郷川であった。

徳川家康が六郷橋を架けているが、万一のときに落とし、敵の進軍を阻害するため、簡単なものとなっているうえ、単に河原から河原を繫《つな》いだものに近く、少し雨が降ると橋の上まで水が来る。

言うまでもなく手すりなどもなく、川の流れに橋が吞《の》みこまれていると渡ることができなくなった。

もちろん、旅人は無駄を嫌う。

数日雨が降れば、宿から出なくなる。六郷橋まで行ってから、渡れないでは戻るだけでも面倒であるし、川留めで動けなくなった旅人が、手前の宿場に足留めになることで、部屋の空きがなくなる。

「小僧が出ていないようでございまする。六郷橋は渡れそうでございまする」

品川宿を出たところで儀介が三郎へ語りかけた。

「……小僧とはなんだ」

三郎が興味を抱いた。

「橋が渡れるかどうかを品川宿場へ報《しら》せる宿屋の小僧のことでございまする。朝早くに客が旅立つより前に、六郷橋の様子を見にいくのが仕事で」

「なんのためにそのようなことを」

「品川の宿に客を泊めるためでございまする」

「宿場に客が泊まるのは当たり前であろう」

ますます三郎は首をかしげた。

「若殿さま、品川は江戸から近すぎるのでございまする。女の足でも一刻（約二時間）ほどで着いてしまう。旅は金のかかるもの。それが一刻やそこらで泊まっていては、いくら金があっても足りませぬ」

「あれほど旅籠があったのに、客がいないのか。よく、品川の宿場がやっていけるものだ」

三郎が驚いた。

「江戸から出るにも、江戸へ入るにも、品川は中途半端な宿場ということか」

「はい。たしかに江戸に近いお陰で、日帰り遊びで栄えてはおりまするが、それは宿場として本来の姿ではございませぬ」

納得し始めた三郎に儀介が説明を付け加えた。

「江戸に入る前に、ゆっくりと休んで風呂《ふろ》に入り、身形《みなり》を整える。そうすることで翌日も動きやすくなる。武士ならば埃《ほこり》まみれの旅装で藩邸に入らずともすむ。商人《あきんど》も同様にすぐに商売相手の店へ行ける。身形が整っているだけで、随分と相手に与える感じが変わりましょう」

「そうだな。薄汚れた者と一緒にいたいとは思わぬ」

三郎がうなずいた。

「ですが、品川の宿にそれだけのことができるかどうかは、実際に泊まって見なければわかりませぬ。部屋はきれいなのか、女中の対応はどうなのか、飯は満足できるのか。どれも体験してこそわかるもの」

「品川の宿場で足留めをさせるためだけの小僧ではないか」

「はい」

気づいた三郎に、小林平八郎がうれしそうに首肯した。

「そういった小僧を朝から出している気遣い。それだな」

「お見事でございまする」

小林平八郎が手放しで称賛した。

「商いというのは、なかなかに難しいものであるな」

「その商人を導くのも武士でございまする」

「わかった。一つ学んだ。よし、行くぞ」

もう一度三郎が足を前に出した。

三

急ぐ旅ではない。

吉良義冬が三郎を京へ出したのは、近衛基熙との打ち合わせなどもあるが、所領の状況や、世間の様子などを学ばせる意味合いもある。

とはいえ、あまり最初から足を止めていては、いくらときがあっても足りなくなる。なにより、泊まりが増えれば増えるほど、金額が嵩《かさ》む。

高家という役目は金がかかる。

まず見栄《みえ》をはらなければならない。それこそ同じ禄の旗本と同じでは恥になるのだ。外様の大大名に等しい官位は、相応の羽振りを見せなければ、侮られる。

高家は、粗暴な武士に礼儀礼法を教えるのが役目である。そして、礼儀礼法を破った者を監察もする。

当然、畏怖《いふ》されなければならなかった。

「吉良どのが言われるならば……」

そう思わさねば、大名を相手にはできないのだ。

なにせ禄高でいけば、約半分から二十分の一と勝負にもならない。

もちろんのこと礼儀礼法を教えてもらう代わりに、音物《いんもつ》がもらえる。勅使や院使の接待、日光祭祀使節《にっこうさいしし》など、礼儀礼法が要る役目ほど、大名にとって名誉になる。

高家が大名に作法を教えるのは、役目である。それに音物を受け取るのは賄賂《わいろ》と言われかねないが、大名の当主になるということは、それをすべて心得ているという体《てい》を取るだけに、知らないのはまずい。

「よしなに」

「お教えを賜りたく」

個人として教えを請われれば、礼金を貰《もら》うのは不思議なことではなかった。

「なにとぞ、城中ではお手柔らかに」

「主、まだ若年でございますれば、無礼の段もございましょうが、ご寛容のうえ、ご指導をいただきたく」

城中礼儀監察として、咎《とが》めをくださないで欲しいという要望もある。

厳密にいえば、これは賄《まいない》になるが、幕府も高家に十分な手当を出していないことをわかっている。

なにせ、老中《ろうじゅう》、若年寄《わかどしより》などと同じく役高、役料がなく、持ち高勤めなのだ。町奉行が三千石、目付が千石と、その役目にふさわしい家禄に加増されることが多いのに、高家にはほとんど補塡《ほてん》されない。

「……………」

わかっていて幕府は目を瞑《つぶ》っている。

そして、旗本の行動を監察する目付も、知っているがそれを表沙汰《ざた》にはしない。

幕府が暗黙とはいえ、認めていることに手を出せば、不興を買うとわかっている。

高家は浪費と余得の天秤《てんびん》に載っているだけの危うい役目であった。

三郎もその辺りは追々ながら教えられている。

ましてや今回は身分を偽っての密使である。

「今日はどこまで行く」

歩きながら三郎が儀介に問うた。

「初日でございまする。六郷川をこえた川崎《かわさき》までといたしましょう」

無理は後々祟《たた》る。

儀介が提案した。

「川崎まではどれくらいある」

「三里（約十二キロメートル）はないかと」

三郎の問いに儀介が答えた。

「近くないか。もう少し先までいけよう」

「たしかに一つ先の神奈川まで川崎から二里と二十丁（約十キロメートル）ほどでございますので、夕暮れまでには着けましょうが……」

儀介が口ごもった。

「……どうせ箱根《はこね》越えには一日かかりまするため、小田原《おだわら》で一泊しなければなりませぬ」

先にいけば二里や三里の差はなくなると儀介が首を横に振った。

「若さま」

「……そうであったな。儀介の言うとおりにいたそうぞ」

小林平八郎に諫《いさ》められて、ようやく三郎が引いた。


急がない三郎たちを内膳たちは、容易に発見、追尾に入った。

「旅支度だな」

「ああ。どこまで行くつもりであろう」

内膳と同僚が小声で話をした。

「聞かせようではないか。おい、瀬木衆」

話し声が普通に聞こえるほど近づけば、まず気付かれる。

「忍ならば、悟られずにすむだろう」

内膳が瀬木衆に盗み聞きを指示した。

「お任せいただきたい」

主従関係ではないことを強調した口調で、瀬木衆が足を速めていった。

「使えるのか、瀬木衆は」

同僚が問うた。

「さて、どうであろうな。技では使えても、一手を預けるには足りぬといったところではないかの」

訊《き》かれた内膳が嘲笑《ちようしよう》を浮かべた。

「忍では、そうだろうな」

同僚が首肯した。

「武芸はできるのだろうな」

「できるはずだが、見たことはない」

重ねた同僚の疑問に、内膳が首を横に振った。

「おい、おまえたちはどのていど遣える」

内膳が少し離れた後ろから追随してくる瀬木衆に尋ねた。

「それなりでございまする」

忍が真実を話すことはない。なぜならば、それは忍の弱みに繋がるからであった。

「それなりか。拙者とはどうか。拙者は新陰《しんかげ》流の道場で目録をいただいておる」

内膳の同僚が口を挟んだ。

「負けることはないかと」

「……拙者より上だと申すか」

すっと近づいて答えた後、ふたたび離れた瀬木衆に、同僚が憤った。

「お静かに願いまする」

瀬木衆がもう一度近づいて、注意をした。

「気付かれてしまいまするぞ」

配下ではないとの意味をこめた警告を、瀬木衆がした。

「むっ……」

「生意気な」

内膳と同僚が苦い顔をした。

「……戻ってきたようでござる」

足を止めた二人に、瀬木衆が目で前を示した。

「…………」

不満を見せながら、内膳が戻ってきた瀬木衆に顔を向けた。

「どうであった」

「どこへ向かうとは申しておりませなんだが、かなり長い旅路になりそうなことを言っておりましたぞ」

戻ってきた瀬木衆が語った。

「かなり長い旅路……」

「箱根をこえるつもりか」

内膳と同僚が顔を見合わせた。

「面倒じゃの」

「ああ。そこまで引っ張られては、かなりときがかかる。殿のご機嫌が……な」

二人が嘆息した。

「どうする、やるか内膳」

別の同僚が対応を問うた。

「街道筋で、まだ日も明るい。今はまずい」

内膳が述べた。

「まだ日は短い。少し待って仕掛けるか」

「そうよな。相手は三人、しかも一人は小者じゃ。実質二人を相手取ればすむ」

「こちらは瀬木衆も入れて九人だからの」

同僚たちがうなずき合った。

「なれば、人通りが少なくなったところでやるか。念のために先回りをして、逃げ道を塞ぐようにいたしたいが……仁川《にがわ》、瀬木衆を一人預けるゆえ頼めるか」

「承知した。付いてこい」

仁川と呼ばれた藩士が、首で瀬木衆に命じたうえで、街道を離れていった。

「郡《こおり》」

「わかった」

仲間に促された瀬木衆が、その後を追った。

「ああ、待て」

内膳が郡と呼ばれた瀬木衆を止めた。

「なにか」

瀬木衆が首だけで振り向いた。

「殿のお指図じゃ。吉良の息子は殺すな。傷もできるだけ負わすな」

「人質にいたすのでござろう。心得ておる」

軽くいなすように返して、郡が駆けだした。

「やけに自信があるの。前回、恥を掻《か》いたというに」

内膳が瀬木衆に嫌味を喰《く》らわせた。

「前回は近衛さまがお出《い》でてございましたので。あまり血腥《ちなまぐさ》いまねもできませんでしたので」

残っている瀬木衆が反論した。

「なるほど。今度はその怖れがない。期待しているぞ」

「…………」

内膳のあしらいに瀬木衆が黙った。

小林平八郎が街道を外れて追い抜いていく仁川と郡に気付いた。

「…………」

「どうかしたのか」

目つきを険しいものにした小林平八郎に三郎が怪訝《けげん》そうな顔をした。

「少し気になりましたので」

小林平八郎が目で仁川たちを示した。

「あやつらがどうかしたのか」

「作法通りなのでございますが……」

街道などで武家を追い越すときには、一言声をかけるか、あるいは街道を外れるかをするのが作法であった。

だが、挨拶を嫌がっている常識知らずと見られやすく、実際に街道を外れて追い抜くほとんどは町人であった。

「御免を」

そう言って武士を追い抜こうとして、

「無礼者。町人の分際で武士を追い抜くなど、許さぬ」

と絡まれることが多いのだ。

町人が先に行くことへの不満ならばまだしも、

「挨拶《あいさつ》をいたせ」

旅の恥は掻き捨てとばかりに、たかってくる場合がある。

喰うに困っている牢人だけでなく、立派な身形の武家まで袖《そで》の下を要求してくる。

そのような連中の相手などしていられないと、町人は街道を外れる。

逆に武士は武士を相手にゆすりたかりはしない。

「挨拶が足りぬ」

などと言おうものならば、たちまち刀を抜いての遣《や》り取りになってしまう。

そして、真剣での戦いは、どちらかが血にまみれるまで終わらない。勝っても負けても、武士は罪になる。

武士は主君のためにある。その武士が通りすがりの喧嘩《けんか》で傷を負う、あるいは傷を負わせる。これは忠義からいって許されざる行為である。

ご恩と奉公、主君から禄をもらう代わりに、命がけで仕える。その武士が、小遣いほしさに、無礼な仕打ちを受けたからと戦うなど論外。

「放逐いたす」

「切腹せい」

小競り合いで勝った者も負けた者も、厳しい処分を受ける。負けた者は恥を雪《すす》げと切腹が、勝った者は藩が巻きこまれるのを避けるために放逐と末路は概《おおむ》ね決まっていた。

また、街道筋を離れると足下が悪く、生えている草の水気で袴《はかま》が濡《ぬ》れたり、草鞋が傷んだりもする。

武家が街道を離れてまで抜いていくのは珍しいことであった。

「心配するな。たかが二人ではないか、そなたが負けるはずもなし」

危惧《きぐ》する小林平八郎を三郎が心配性だと笑った。

「二人や三人に後れを取るつもりはございませぬが……」

三郎の言葉に小林平八郎が胸を張った。

「若さまに何かあればと」

小林平八郎の瞳《ひとみ》が揺れた。

「気にするな。そなたが敵の数を減らしてくれる間だけ、どうにか保《も》てばいい。吾は耐えるだけでよい」

三郎が小林平八郎に伝えた。

「そうしていただくとなんともありがたいことでございまする」

小林平八郎が安堵の顔を見せた。

「無茶はせぬ。吾も勝てぬ戦いをする気はない」

三郎が手を振った。

「それにしても気になる」

小林平八郎が歩きながら小刻みに首を左右に振った。

こうすることで大きな動きをせず、後ろを確認できた。

「……いた」

小林平八郎が苦く頬をゆがめた。

「なんだとっ」

驚いた三郎が後ろを振り向いてしまった。

四

「気付かれた」

三郎と十間（約十八メートル）ほど後ろをつけていた内膳との目が合った。

「どうする」

「やるしかあるまい」

ためらえば、逃がすあるいは助けを呼ばれる。

内膳が決断した。

「先陣じゃ、行け」

瀬木衆に内膳が命じた。

「…………」

使い捨てるような扱いに、瀬木衆が内膳たちをにらみつけたが、相手は藩主毛利綱広の寵臣である。

逆らっては、毛利綱広へ取りなしてやるという約束が反故《ほご》にされる。それどころかどのような讒言《ざんげん》をされるかわからない。

「参るぞ」

「ああ」

瀬木衆たちが不満そうな顔を見合わせて、走った。

「若さま」

「すまぬ」

思わず咎めた小林平八郎に、三郎が詫びながら太刀を抜いた。

「わたくしの後ろに」

小林平八郎が三郎を抑えた。

「儀介、若さまの後ろを守れ」

「へ、へい」

言われた儀介が、震えながら首肯した。

「六、いや七人か。多いな」

数えた小林平八郎が苦そうな顔をした。

「吾も戦うぞ」

三郎が小林平八郎に言った。

「いえ、若さまはご自身をお守りになるだけになされますよう」

小林平八郎が三郎に釘《くぎ》を刺した。

「……しかし、そなた一人では」

「従者の役目でございまする。動かれますな」

近づいてくる瀬木衆に向かって小林平八郎が奔《はし》った。

「馬鹿な」

「守りを外れるとは」

瀬木衆が小林平八郎の動きに驚いた。

「内膳、我らも」

毛利綱広の寵臣たちが、勇んだ。

「いや、従者は瀬木衆に任せよう。我らは吉良の息子を確保するのが役目だ」

内膳が一同を制した。

「吾が一刀流《いっとう》を試す好機……」

「人を斬ることこそ、武士の倣いであろう」

同僚たちが熱に浮かされたように目を光らせた。

「なにを……」

内膳が啞然《あぜん》とした。

「殿をお守りする我らが、人を斬ったこともないでは困ろうが」

「先崎《せんざき》、皆上《みなかみ》、兼田《かねだ》、どうした……」

太刀を抜いた同僚に内膳が息を呑んだ。

「落ち着け。落ち着け。人を斬るなどという汚れたまねは、瀬木衆にさせればよい。我らは吉良を抑えることを優先いたさねば……」

「忍に戦場の手柄を奪われてなるものか」

「おう」

「かかれええ」

内膳の二度にわたる説得は無視された。優勢な状況で人を斬れるという興奮に皆が染まっていた。

「……よいのか」

一人残された内膳が呟《つぶや》いた。

小林平八郎は刀を構えて迫ってくる瀬木衆に既視感を覚えていた。

「近衛さまを襲った連中と同じ構え……毛利だな」

わざと毛利の名前を大声で小林平八郎が発した。

「なっ」

「それを」

瀬木衆が動揺した。

鞆初衛門の失策は毛利家の名前を出したことにあると、十二分に知らされている瀬木衆にとって、正体が知れるのはなによりまずい。

「ふん」

一瞬、どうするとばかりに仲間同士目を合わせたその隙を小林平八郎は突いた。

もっとも小林平八郎に近づいていた瀬木衆が、腹を突かれて苦鳴を漏らした。

「ぎゃっ」

「なにが……」

仲間の絶息にあわてた次の瀬木衆に向けて、小林平八郎は貫いたばかりの死体を蹴《け》飛ばしてぶつけた。

「おわっ」

死んでいるとはいえ、仲間だというのは無下に出来ない。思わず受け止めようとしたところへ、小林平八郎がまたも太刀を突き出した。

「……ぐえええぇ」

仲間の死体ごと貫いた切っ先に瀬木衆が呻《うめ》いた。

「きさまっ、汚いまねを」

残った一人の瀬木衆が、怒りを露《あら》わにした。

「いきなり多人数で名乗りもせず、斬りかかってくるのとどちらが汚いと」

「…………」

小林平八郎に言われた瀬木衆が黙った。

瀬木衆が太刀を背中に回して、小林平八郎から隠すようにした。

「……なれば、こちらも」

「狙いと間合いを隠すか」

小林平八郎が、少し引いて警戒した。

剣術の真剣勝負は、木刀での稽古と違って一寸（約三センチメートル）の差が明暗をわける。命の遣り取りだけに、敵がどこを狙うのか、首か、胴か、手かなどを読み、続いてその一撃が届くかどうかを計算しなければ、生き残っていけない。そのためには、敵の切っ先をよく見ることが肝心であった。切っ先の角度、据え付けられた位置から、次の攻撃を予測し、応じられるようにする。

だが、その肝心の切っ先が背中に隠された。

「…………」

小林平八郎も息を呑んで、相手の動きを探った。

「おうりゃあ」

「吾が手柄となれえ」

「ひいいい」

三人の藩士が、目を血走らせながら突っこんできた。

「なんだ」

「……阿呆《あほう》か」

背中から奇声を浴びせられた瀬木衆が驚き、小林平八郎があきれた。

「死ねえ」

瀬木衆の横を駆け抜けた最初の藩士が、小林平八郎目がけて、振り上げていた太刀を落とした。

「……討ち取ったあ……あん」

最初の藩士が、凱歌《がいか》をあげようとして、手応《てごた》えのなさに呆然《ぼうぜん》となった。

「届かぬわ」

あきれた顔を続けた小林平八郎が、太刀を止まった藩士の首に添えた。

「え……かはっ」

すっと引かれた太刀に左首の血脈を割かれた藩士が、血を噴き出した。

「腕が縮んだな」

離れていた三郎には、藩士の腕が伸びきっていないのがよく見えていた。

真剣は恐怖でもある。手入れのために抜くだけでも緊張する。もし、手が滑れば、大けがをすることになる。その真剣を互いに向け合っている。これだけでも腰から力が抜けそうになる。ましてや初めて、命の遣り取りをするのだ。敵だけでなく、己の手にある白刃の威力に震えあがって当然である。

結果、藩士の一撃は、腕が無意識に縮んでしまったことで、小林平八郎に届かず空を斬った。

「先崎……」

「……なにをした」

続けてきた藩士たちが、仲間の首から出る血に呑まれてしまった。

「下がられよ。これでは戦えぬ」

瀬木衆が残った藩士たちを邪魔だと言った。

「黙れ、輩《ともがら》の敵討ちじゃ」

「きさまらに戦場の誉れは、もったいないわ」

兼田、皆上が瀬木衆を怒鳴りつけた。

「…………」

瀬木衆が鼻白んだ。

こうなってしまえば、切っ先を隠す技もなにもあったものではなくなる。

「行くぞ」

皆上が太刀をやはり大上段に構えた。

「一の太刀の威力を味わえ」

気迫を載せて、皆上が迫ってきた。

「これが西国の雄とうたわれた毛利家の武士《もののふ》か」

小林平八郎が嘆いた。

「うわああ」

上段の構えのまま間合いに入ってきた皆上が、大声で小林平八郎を威嚇した。

「胴がお留守ぞ」

小林平八郎が太刀を薙《な》いだ。

「……力が抜ける」

興奮していると痛みを感じないことがある。しかし、腹の筋を横に断たれれば、気合いは入らなくなる。

皆上が上段の構えを維持できなくなり、そのまま崩れた。

「どうして、中身が出ていく」

腹に収まっていた腸《はらわた》が、新たに出来た出口から溢《あふ》れた。

「あっ……」

それに気付いた皆上の瞳が上がって、息絶えた。

「ひいいっ」

路上に溢れた青白い腸は本人が死んでもまだ蠢《うごめ》いていた。それを目の当たりにした兼田が悲鳴をあげた。

「……嫌だ、嫌だああ」

死を続けて目の当たりにした兼田の心が折れた。

「わああ」

手にしていた太刀を放り投げて、兼田が背を向けて逃げ出した。

「……なにをっ」

太刀を投げつけられた形になった瀬木衆が、あわてて後ろへ跳んだ。

戦いが始まったことに驚いて一瞬固まっていた、前を行っていた藩士と瀬木衆が駆けつけたときには、すでに味方陣営は崩壊していた。

「まずいな」

「いかがしますや」

駆けつけながら臍《ほぞ》をかむ仁川に、郡が問うた。

「……仲間を助けに入るには遅れた。なれば、当初の目的を果たすしかなかろう」

「では、吉良の息子を……」

「捕らえる」

「では、まずは小者を……」

瀬木衆の郡が太刀を抜いた。

「息子には傷を付けるなよ」

「懸念無用」

郡が足に力を入れて前に出た。

「若殿さま」

後ろを見ていた儀介が近づいてくる郡に気付いた。

「どうした……やはりか」

先ほどの小林平八郎の心配が当たったことに三郎が嘆息した。

「下がれ、儀介」

「と、とんでもないことでございまする」

　儀介が小者として許されている小刀ほどの木刀を構えた。

「震えているぞ。悪いが吾に平八郎ほどの余裕はない。とてもそなたをかばうところまで気が回らないのだ。少し離れていてくれるほうが助かる」

「ですが……」

　主を見捨てたとなれば、吉良家へ帰ることはできなくなる。どころか在所へ戻ることも出来ない。それどころか一族まで放逐という目に遭う。

　逆に主を守って斬り死にしたとあれば、大きな褒賞が出た。まず士分として遇してもらえる。禄は最少だろうが、儀介の兄弟あるいは従兄弟《いとこ》あたりが、家士として召し出されるだけでなく、家族も応じた厚遇を受けられる。

「少し離れたところから、砂を投げる、あるいは石をぶつけるで援護してくれればよい」

　三郎もそのあたりの機微はわかっている。近衛基熙が襲われたとき、その従者たちは戦うことさえ出来ないのに、逃げだそうとしなかったのだ。

「それでよろしいので」

「急げ」

もう指呼《しこ》の間《かん》まで郡が近づいていた。

「へい」

儀介が離れた。

「小者が逃げた……」

ちらと儀介を見た郡が、意識の外へ放置した。

「おとなしくしたがっていただきたい」

三郎に傷を付けるわけにはいかなかった。

郡が、三郎に降伏を求めた。

「吾を誰と知ったうえでの狼藉《ろうぜき》だな」

「…………」

「沈黙は肯定である」

黙った郡に三郎が告げた。

「相変わらず、愚かなようだな。長門守《ながとのかみ》は」

「……主を愚弄《ぐろう》するか」

やっと郡に追いついた仁川が、三郎のかまかけに毛利藩だと認めてしまった。

「仁川どの……」

郡があきれた。

「主君を侮られて、家臣がそれを受け入れられるか」

詰まることもなく仁川が、郡を責めた。

「平八郎、毛利だ」

「やはり、さようでございましたか」

残ってる瀬木衆と内膳に太刀を向けながら、小林平八郎が応じた。

「では、遠慮は要りませぬな」

小林平八郎が、ぐっと前に踏み出した。

「……ちい」

得意の型を仲間によって崩された瀬木衆が、圧力に負けて下がった。

「下がるな。さっさと仕留めろ」

その後ろから内膳が叫んだ。

「援護を」

一対一で戦って勝てるかどうかはわかる。

瀬木衆が内膳に、せめて牽制《けんせい》をしてくれと求めた。

「拙者は吉良の息子を殿のもとへ連れていくという役目がある。怪我などできぬ」

内膳が拒絶した。

「使い捨てか」

瀬木衆が顔をゆがめた。

「…………」

もめ始めた二人を置いて、小林平八郎が体を翻した。

「あっ」

「逃げたっ……」

瀬木衆が声をあげ、内膳が的外れなことを口にした。

「若さま」

「おう」

小林平八郎に合わせて、三郎が道を空けた。

「なんのっ」

三郎を目に入れていた郡は、すぐに小林平八郎の動きを見抜いていた。郡が小林平八郎に対そうと切っ先を動かした。

「儀介」

「へ、へい」

三郎の指図に、儀介が手にしていた石を投げた。

「……そんなもの」

郡が軽く首を振って、それを避《よ》けた。

わざわざ声をかけて、小者が返事までしているのだ。気付かない忍はいない。

「姑息《こそく》な……」

じっと小林平八郎の動きから目を離さなかった郡が、嘲笑を浮かべた。

「………」

小林平八郎が口の端を吊《つ》り上げて嗤《わら》った。

「なんだ」

不穏な雰囲気に郡が不安になった。

「とうりゃ」

まさか高家の嫡男が太刀を振るえるとは思ってもいなかった郡の背中から、三郎が斬りつけた。

「……まさかっ」

咄嗟《とっさ》にかわしたが、軽く背中を斬られた郡が焦った。

「そなたの仲間に聞いていなかったのか、若さまは武芸にも通じておられると」

「……そんな話はなかった。鞆初衛門はあの後、組屋敷に顔を出すこともなく国元へ戻された」

嗤いを浮かべたまま近づく小林平八郎に、郡の血の気が引いた。

「なにをしている。さっさとせんか」

仁川が郡を叱りつけた。

「無理だ。嫡子さまも剣を遣われる。とても無傷で取り押さえるなどできぬ」

抵抗をされれば、どうしても押さえつけなければならない。そのためには白刃を持った三郎に近づくことになった。

「なんとかしろ、それがおまえたちの仕事だ」

蒼白《そうはく》になって首を横に振る郡に、仁川が無理強いした。

「平八郎、こいつを任せて良いか」

「もちろんでございまする」

三郎の言葉に小林平八郎が力強くうなずいた。

「では、吾はあやつを」

郡を傷つけたことで血塗られた太刀をひけらかしながら、三郎が仁川に向かった。

「つっ」

小林平八郎に切っ先を向けられた郡は、三郎への対応ができなかった。

「……なぜだ」

三郎に切っ先を向けられた仁川が呆然とした。

「家士と従者を瀬木衆を遣って排除し、我らは抵抗できぬ吉良の息子を易々と取り押さえて、凱旋するはずだったのに……」

仁川が現実の冷たさに縮みあがった。

「やあああ」

三郎が仁川に向けて太刀を振り上げて見せた。

「ひえっ」

仁川が恐怖に耐えきれず、太刀を捨てて逃げ出した。

「ふん」

その無様さに三郎が鼻を鳴らした。

「うわああ」

残った同僚の逃亡に内膳も倣った。

さすがに太刀を捨てるようなまねはしなかったが、味方の瀬木衆を見捨てて背を向けた。

「……くそっ」

「あり得ぬ」

残った瀬木衆と郡が、情けなさに吐き捨てた。

「………」

離れていた瀬木衆が顔を見合わせた。

「待ってくれ」

郡が太刀を鞘《さや》に収めた。

「なんだ」

「もう抵抗せぬ。見逃してくれ」

郡が助命を請うた。

「ずいぶん、つごうのいい話だな」

三郎が太刀を突きつけながらあきれた。

「我らは家中でも下士じゃ。そして逃げたのは上士でな。命じられれば逆らえぬ」

逃げられる位置にいた瀬木衆が嘆息した。

「ここで逃がして、また襲い来られてはかなわぬ」

小林平八郎が首を横に振った。

「国元へ帰る。江戸へは戻らぬ」

郡が両手を挙げた。

「信用しろと」

三郎が疑問を口にした。

「…………」

鋭い目つきの三郎に、郡が沈黙した。

「なあ、神代《じんだい》」

郡がもう一人の瀬木衆に呼びかけた。

「なんだ」

「吾も討ち死にしたことにしてくれぬか」

「逃げる気か」

神代と呼ばれた瀬木衆が目を剝《む》いた。

「もう辛抱できぬ。禄とはいえぬ扶持米で、冬場に足袋《たび》も履けぬ、さすがに雨中での笠《かさ》は許されるが、傘は認められぬ。身分卑しきとして、殿の御成の前には遠ざけられる。目に入ればご気分を害するからとな」

「…………」

事実なのか、神代も表情をなくして黙った。

「それでも鞆初衛門の失敗があるまでは禄があったゆえ喰えた。白米を毎日とは言わぬが、月の半分は白米、残りは五分の麦入り飯だったけどの。それが初衛門のことで瀬木衆が咎められ、禄を取りあげられ扶持になった。おかげで、今は月に一度《ど》くらいしか、白米の飯は喰えぬ。ましてや菜などなくなった。漬け物でもあれば馳走《そう》だぞ。このような生活はもう御免じゃ」

「だからこそ、手柄を立てて、旧に復そうとしたのであろう。内膳どのの誘いに応じた。うまくいけば、殿に話をしてくれると……」

神代が内情を口にした。

「…………」

三郎と小林平八郎が顔を見合わせた。

「その結果が、このざまだ。そして、内膳どのと仁川どのは逃げた。さて、今ごろ屋敷ではどうなっておるかの。失敗が我らの策の甘さにあった、吉良さまのご子息が、従者が戦い慣れしていたことを考えてもいなかったことにあったと、殿に謝罪しておられると思うか」

「思わぬな」

郡の問いに、神代が即座に認めた。

「では、どうなっている」

「失敗は我ら瀬木衆のせいとされておろう」

続けて訊いた郡に神代が嘆息した。

「そんなところに、のこのこ帰ってどうなる」

「初衛門の二の舞じゃな」

神代が告げた。

「なれば、死んだことにして、消えるというのは、まちがいではなかろう」

「武士としてはまちがいだろう。忠義はどうする」

「もうよいか」

話し合いが長引きそうなので、三郎が割って入った。

「忠義の話が出たゆえ、高家としてではなく、武士として一言語ろう。武士が忠義を尽くすのは、ご恩と奉公という根本があるからじゃ。主君は禄なり褒美なりで働きに報い、家臣はいただいたものより多めに働く。これが武士というものだ」

三郎は暗にご恩が足りぬならば、奉公をせずともよいと語った。

「我らは先を急ぐ。話し合いをするならば二人でやれ。あと、この場に残るのは勧めぬぞ。惨状だからの」

三郎がさっさと消えろと手を振った。

「お許しいただけるので」

「そのために延々話をしたのだろうが」

喜色を浮かべた郡に、三郎が苦笑した。

「気が抜けたわ。いくぞ、平八郎」

「はっ」

背を向けた三郎の背後について、二人を警戒しながら小林平八郎も続いた。

「深く御礼を申しまする。いずれ、ご恩はお返しいたしまする」

「好きにしろ」

頭を下げた郡に、三郎は面倒くさいと振り向きもせず、手を振った。

第四章　頼る処

一

逃げた内膳《ないぜん》と仁川《にがわ》だけが、毛利《もうり》家屋敷へ帰り着いた。

「……瀬木《せき》衆は」

「帰って来ないようだな」

二人はすぐに毛利綱広《つなひろ》への目通りを求めず、門番詰め所で後続を待っていた。

「もう少し待とう。怪我をしていれば、遅くもなろう」

「いつまでもこのままで居るというわけにもいかぬぞ」

内膳の提案に仁川が嫌そうな顔をした。

いかに門番控えに潜んでいるとはいえ、出入りする人がなかを覗《のぞ》いていかないとは限らない。また、口止めをしているとはいえ、足軽《あしがる》身分の門番である。誰かに問い詰められれば、あっさりと話してしまう。

「あと半刻《はんとき》（約一時間）だぞ」

仁川が刻限を切った。

内膳も仁川も藩主のお気に入りとして知られていた。とくに身分の低い者は、寵《ちょう》臣《しん》の顔をしっかりと覚えていなければ、どのような面倒に巻きこまれるかわからない。

「拙者の顔を知らぬだと」

「吾《われ》の言うことが聞けぬと申すか」

寵臣たちの矜持《きょうじ》は高い。なにせ、後ろに藩主が付いているのだ。

そんな顔を知られている二人が、門番詰め所でこそこそと身を隠している。なにかあったなと誰もが思う。

「二人が隠れている。なにかあれば、殿のお袖《そで》の裏に隠れるあの連中が」

疑心が湧く。

「なにかしくじったな」

ずっと毛利綱広の側にあって、阿諛追従《あゆついしょう》をしている内膳と仁川がおどおどしている。誰でも怪訝《けげん》に思う。

「触らぬ神に祟《たた》りなしじゃ」

ほとんどの者は、後難を怖れて見て見ぬ振りをする。

だが、なかにはわざと毛利綱広へ、二人のことを告げ口する者も居た。

「内膳と仁川が屋敷に戻っておりますが、殿はご存じでございましょうか」

「少しお訊《き》きいたしたいことがあり、内膳どのを探しておりまするが、殿のお側にはおいでではございませぬか。さきほどお姿を見かけたのでございまするが」

内膳や仁川を陥れてやろうという者はいる。

恨みがある者、取って代わってやろうと狙っている者、それらから毛利綱広のもとへ話が行く。

「なにをしている」

毛利綱広の呼びだしがあれば、応じざるを得ない。

「なぜ、帰ってすぐに報告をせなんだ」

当然、三郎《さぶろう》を捕まえるという策の成否を毛利綱広は問い質《ただ》す。

「恥ずかしいことながら……」

失敗との報告をすることになるが、そこでどう言いわけするか、いや、言いわけできるかが二人の将来を左右することになった。

「失敗はいたしましたが、わたくしたちのせいではなく……」

ようは、どうやって他人に失敗の責任を押しつけるかである。

「瀬木衆が使いものにならなかったから失敗した。あと少しのところまではいけたのに」

内膳と仁川は、瀬木衆を生け贄《にえ》にするつもりでいた。

とはいえ、瀬木衆が戻って来れば、どのような報告をするかわからなくなる。言うまでもないが、内膳と仁川のよい話にはならない。

しかし、帰って来なければ、内膳たちの思うがままにできる。

それこそ、すべての失敗を瀬木衆に押しつけて、己たちは巻きこまれただけにしてしまえば、多少の不興を買っても、放逐や切腹などの事態は避けられる。

「……帰って来ないぞ」

半刻経たないが、仁川の辛抱が切れた。

「わかった」

内膳が渋々従った。

寵臣というのは、一々取り次ぎを経なくてすむ。

「殿」

二人は、御座《ござ》の間前の廊下に平伏した。

「内膳と仁川か、よくぞ戻った」

毛利綱広が盃《さかずき》を手に、上機嫌で二人を迎えた。

「ご苦労であった。で、吉良《きら》の息子はどこじゃ」

「…………」

毛利綱広の問いに、内膳たちは応じなかった。

「どうした。まさか、傷を負わせたのか」

眉《まゆ》をひそめた毛利綱広が咎《とが》めるような口調になった。

「いえ」

平伏したまま内膳が首を左右に振った。

「……しくじったと申すのではなかろうな」

雰囲気から毛利綱広が気づいた。

「申しわけもなき仕儀ながら……」

内膳が顔をあげずに都合よい偽りを告げた。

「はい。かつて殿にお叱りを受けた瀬木衆でございまする。ここでなんとしても手柄を立て、お許しを願おうとしたようで、我らの指示に従わず……」

睨《にら》みつけた毛利綱広に、内膳が言いわけをした。

「愚か者どもが」

毛利綱広が手にしていた盃を床に投げつけた。

「瀬木衆を呼べ」

「それが……」

帰って来ないと内膳が答えた。

「内膳」

怒りを含んでいるとわかる声で、毛利綱広が呼んだ。

「はっ」

内膳がさらに額を廊下に押しつけた。

「人を遣ってよい。死体を持って帰れ」

「よろしいのでございますか。当家に死体が運びこまれたとの噂が……」

「黙れ、余の命が聞こえぬか」

「瀬木衆がか」

「行かぬかっ」

さっさと立ち去れとばかりに、毛利綱広が手を振った。

「はいっ」

尻《しり》を蹴《け》上げるように、内膳と仁川が駆けていった。

「騒がしい。なにごとであるか」

御座の間に近い御用《ごよう》部屋から福原《ふくはら》が顔を出した。

「……榊《さかき》内膳と仁川源五《げんご》ではないか。御殿のなかを走るなど、礼儀に反するぞ」

「お小言はのちほど」

内膳が後で詫《わ》びをすると言いつつ走っていった。

「辰巳《たつみ》」

「確かめて参りましょう」

用人というのは、気働きができなければ務まらない役目であった。

そして、相手がなにを求めているかを感じ取れなければ、役に立たない。すぐに
辰巳が内膳たちの後を追った。

「足軽、小者《こもの》ども、戸板を持って付いて参れ。これは殿のお指図である」

内膳が玄関先で人を集めていた。

「戸板……怪我人でございましょうか。ならば、医師の手配も」

老練な足軽が、気を回した。

「医師は後でよい」

「後で……手遅れになるやも」

興味なげに手を振った内膳に、足軽が唖然《あぜん》とした。

「要るようになれば、呼びに行けばよい。今は、それよりも戸板の用意じゃ」

「はあ……」

内膳に言われた足軽が怪訝な顔をした。

「さほど予備はございませぬ」

屋敷の床下に古い戸板は置かれている。これは戸板を交換するときに、比較的ましなものを残しておき、万一のときに備えるためであった。

しかし、戸板なんぞ、そうそう使用することはなく、また床下には、薪《まき》や炭などを保管しなければならず、それほどの備蓄はなかった。

「あるだけだせ。あと薦《こも》もだ」

「……戸板に薦」

命じられた足軽が顔色を変えた。

怪我人を戸板で運ぶことはままある。足を折ったとか、腰をやられたとか、歩けなくなった者を戸板に乗せて、四人あるいは二人で持つ。こうすれば、怪我人にそれほどの負担をかけずに、屋敷へ戻したり、医者へ運んだりできる。

だが、そこに薦がくわわると話は変わった。

薦は酒樽《さかだる》などを包んである目の粗い筵《むしろ》である。ほとんど使い捨てで、それこそ火付けの火口《ほくち》くらいしか使えない。ただ、その薦が活躍する場面がある。死体を覆うときだ。

使い捨てのため、そういった使い方をしても惜しくはないし、なにより軽い。また、血や汚物が付いても、燃やしてしまえばそれですむ。

「急げっ」

一瞬呆然《ぼうぜん》とした足軽を内膳が叱りつけた。

「……戸板に薦か。死人だな」

その様子を少し離れたところから窺《うかが》っていた辰巳が呟《つぶや》いた。

「今より、現場を押さえたほうがいいな」

辰巳は、内膳たちを止めなかった。

「こちらぞ」

内膳が先ほどのところへ、一同を連れて戻って来た。

品川《しながわ》から離れているとはいえ、人通りのある東海道《とうかいどう》である。すでに野次馬が集っていた。

「酷《ひど》いな」

「血まみれだぞ」

「誰か、代官所へ報《しら》せにいったのか」

遠巻きにしながら、旅人たちが倒れている藩士を見ていた。

「面倒な」

内膳が舌打ちをした。

「どうする」

仁川が問うた。

「殿のご命ぞ。放置はできまいが」

そう言って、内膳が前に出た。

「散れ、散れ、見世物ではない」

内膳が腕を振り回して、旅人たちを散らそうとした。

「代官所のお役人か」

「かかわりあいになると大変だ」

「桑原《くわばら》、桑原」

幕府や代官所に連れていかれれば、まちがいなく一日潰《つぶ》れる。事情を聞かれ、場合によっては下手人扱いされたり、死体から剝《は》ぎ取りをしたのではないかと疑われたりもする。そうなれば、三日や五日は足留めを喰《く》らう。

まともな寝床も食事も供されず、留め置かれるのだ。商売人ならば、取引の約束に遅れたり、職人だと納期に間に合わなかったりと、後々の活計《たつき》に悪影響が出かねない。

あっさりと野次馬たちが散った。

「おおっ、これは皆上《みなかみ》どのではございませぬか」

「こちらは瀬木衆の……」

死体を見た足軽たちが動揺した。

「口に出すな。黙って戸板に乗せて屋敷へ運べ」

内膳が足軽たちを叱った。

「……………」

ちらと内膳を見た足軽たちが、無言で死体を戸板に乗せ、薦をかけた。

「用意のできた者どものから、屋敷へ急げ。ああ、言うまでもなくわかっているだろうが、表門から入るなよ。不浄門《ふじょうもん》からだ」

「はい、承知いたしております」

内膳の念押しに、年嵩《としかさ》の足軽が首肯した。

どこの屋敷にでも表門の他に不浄門と呼ばれる出入り口があった。数百石から千石ほどの旗本や藩士の屋敷だと裏門が不浄門を兼ねることが多いが、毛利家ともなると別に設けられている。

不浄門はその名前の通り、人を含む死体、糞尿《ふんにょう》、放逐者などの出入りに使われる。藩主やその一門、重臣などの葬儀の場合は、表門を使うときもあるが、極めてまれであり、寵臣といえども許可なく、死者となって表門を潜ることはできなかった。

「……内膳さま。すべての死者を運びましてございまする」

その場の実際を取り仕切っていた老練な足軽が、小半刻（約三十分）経たずに作業の終了を報告に来た。

「うむ。ご苦労……なぜ、戸板が余っている」

内膳は戸板が二枚空のままなことに気づいた。

「使わなかったからでございまする」

当たり前のことだと言わんばかりに老練の足軽が答えた。

「多めに持ってきたのか」

「あるだけということでしたので」

やけにこだわる内膳に年嵩の足軽が怪訝な顔をした。

「くまなく探したのだろうな」

「少なくともここから見える範囲は、探しましてございまする」

年嵩の足軽がうなずいた。

「足の早いのを二人出せ」

「はあ、井田《いだ》、甘川《あまかわ》」

命じられた年嵩の足軽が、二人の配下を呼んだ。

「ここから川崎《かわさき》の宿まで走れ。あと二人いたのだ。医者に担ぎこまれていないか、宿場で療養していないか、あるいは代官所に捕まっていないかを確認してこい」

「……ということだ。井田、甘川、任せる」

「はっ」

「わかりましてございまする」

二人の足軽が、川崎へ向かって走っていった。

「…………」

事情を訊いても答えてもらえるはずはない。足軽と平士の間には、とくに寵臣との間には大きな溝がある。

「戻るぞ」

やはりなにも言わず、内膳が踵《きびす》を返した。

二

江戸《えど》を離れてすぐの襲撃以降、なにもなく三郎たちは、箱根《はこね》の関所をこえて三河《みかわ》に入った。

「これが岡崎《おかざき》のお城か」

矢作橋《やはぎ》を渡って、岡崎の城下町に入った三郎が、岡崎城を見あげて感慨無量の顔をした。

「先年、水野《みずの》大監物《だいけんもつ》さまが三河吉田《よしだ》から入られておられまする」

「五万石であったか」

三郎が小林平八郎《こばやしへいはちろう》に問うた。

「たしか、そうであったかと」

小林平八郎がうなずいた。

「五万石とは思えぬ」

三郎が息を呑《の》んだ。

徳川家康《とくがわいえやす》が産まれたとして知られる岡崎城は、吉良家の一族になる西郷《さいごう》家によって建てられた。それを家康の祖父松平清康《まつだいらきよやす》が奪取、以降徳川方の重要な拠点として、乱世を生き抜いてきた。

徳川家康の関東移封に伴って、一時豊臣秀吉《とよとみひでよし》の家臣田中吉政《たなかよしまさ》が在城したが、関ケ《せきが》原《はら》の合戦で徳川家が勝って以来、本多《ほんだ》、水野と譜代《ふだい》の名門が城主を務めてきた。

城自体は本多家が大きな改築をおこない、三層三重の天守閣と本丸の他に、二の丸、三の丸、持仏堂《じぶつどう》丸、北曲輪《くるわ》丸など幾重にも防備を固め、さらにその周囲を六重の濠《ほり》が囲むという堅固なものにしていた。

「いかがいたしまするか。水野さまは当家の領地と境を接しておりまする。ご挨拶《あいさつ》をなさっても……」

小林平八郎が水野家との交流を勧めた。

「……いや、今回は吉良の嫡男ではなく、家臣としてきている。止めておこう」

三郎が首を横に振った。

大名と旗本というのは、微妙な関係であった。

もちろん、大名と言われるだけに、石高では旗本は勝てない。だが、将軍の直臣《じきしん》ということでいえば、同僚になる。

そして将軍にとって譜代大名は厳密な意味で直臣とはいえなくなる。譜代大名は独立した一個の組織になり、いちおう将軍の支配から外れるのだ。

対して旗本は、将軍の家臣であり、好きなように扱える。

つまり、旗本は譜代大名よりも上だという意識を持つに至っている。

だが、石高は譜代大名の方が多い。

「我らが上様を支えているというに……」

当然、旗本は譜代大名への嫉妬《しっと》があった。当たり前のことではある。単純に石高は手柄の多さに応じて増えると思われているからだ。

幕初、その嫉妬が騒動をもたらした。世に言う、旗本奴《やっこ》の登場であった。加賀爪《かがつめ》甲斐守《かいのかみ》忠澄《ただすみ》、水野十郎左衛門《じゅうろうざえもん》といった旗本のなかでも高禄《こうろく》の者が徒党を組み、江戸中で暴れ回った。同じように不満を抱えて生まれた町人博徒の町奴と争い、数百人が徒党を組んだ。

「夜更けに通るは何者か、加賀爪甲斐か、泥棒か」

という狂歌も流行《はや》ったくらいであった。

もちろん、幕府もこれを放置してはおかなかったが、なにせ相手は旗本である。町奉行所ではなかなか相手にできず、お先手組《さきて》に加役として課した火付改《ひっけあらため》の力を借りて、ようやく抑えこんだ。わずか数年前の話であった。

幕府でさえ手を焼く旗本の矜持、大名が嫌がるのは無理のない話である。そして、大名にとって、その面倒の最たるものが境を接する旗本領であった。

旗本領の百姓は、領主の影響を受けるのか、大名領の百姓に対し、上から来る。

「水はこっちのものだ」

「勝手に新田開発をするなど、何事か」

旗本領付近で、大名領の者がなにかしようとすると、まちがいなく口を出してくる。

「どこどこは当藩の領内である。そちらに口出しの理由はない」

同じ百姓身分の庄屋あたりでは話にならないため、大名の家臣である代官が説得に出てきたところで、

「陪臣《ばいしん》ごときが、旗本の百姓たる我らに……」

黙って引っこんではくれない。

「殿さまにお話し申しあげる」

そう言われるのがもっともまずい。

「在所の者が、貴殿の臣より無理難題を言われて困っている」

江戸城で藩主が旗本から詰問される。

「いや、そのようなことはござらぬ」

毅然《きぜん》と対応する藩主もいるが、その多くは面倒ごとを避ける。うかつに旗本を相手にして、幕府に目を付けられてはたまらないのだ。

「国元へ注意いたしましょう」

職務を果たしている代官を咎めるわけにはいかないので、あいまいな返答になるが、そのじつは藩が折れる形になり、少なくとも代官は交代する。

「かかわるな」

新たな代官は、しっかりと言い含められている。藩領の百姓を宥《なだ》め、旗本領との衝突を避ける。

「ふん。勝った」

こうして旗本領の百姓は増長していく。

「触るな、刺激をするな」

それがわかっているだけに、藩としては旗本とかかわりたくはない。

なにより、今回はお忍びである。吉良の嫡男が身分を隠しての在所行きである。

ここで岡崎藩水野家に、身分を明かすのはまずい。

もちろん、明かしたところで、それを広めるほど水野家の家老たちは愚かではないが、人の口に戸は立てられないという喩《たと》えもある。

「では、今日は、岡崎で泊まって、明日、吉良入りをいたしましょう」

小林平八郎が述べた。


内膳と仁川の二人しか残らなかった。

「なんということだ……」

毛利綱広は頭を抱えた。

「それほど西国の雄たる毛利の家臣が、怠惰に堕《お》ちているというのか」

毛利元就《もとなり》の直系を誇りとしている綱広に、家臣が弱くなっていることは許されないことであった。

「おまえたちは……」

言うまでもなく、毛利綱広の怒りは生き残った二人に向く。

「なぜ、仲間を見捨てた。毛利は国を捨ててでも味方を見捨てなかった信義の家であるぞ。ええい、情けない」

毛利綱広が二人を蹴り飛ばした。

「織田信長《おだのぶなが》の侵攻を備中《びっちゅう》で食いとめた清水宗治《しみずむねはる》を救うため、毛利は大軍を動かし、豊臣秀吉と対峙《たいじ》した。毛利は存続をかけて清水宗治の後詰めを果たしたのだ。その後胤《こういん》たるそなたたちが……」

「申しわけもございませぬ」

二人そろって平伏した。

「畏れながら、お、お待ちを」

「我らだけが悪いのではございませぬ」

一度は黙って蹴られなければならない。それが主《あるじ》の怒りを収める早道だと寵臣たちは知っている。

「言いわけをするかっ」

「とんでもございませぬ。我らは殿の忠実な臣でございまする。何卒《なにとぞ》、何卒、お聞きくださいませ」

額を畳にすり付けて内膳が願った。

「殿……」

仁川も同じように平伏した。

「……申せ」

一度蹴飛ばしたことで、少し満足した毛利綱広が腰を下ろした。

「あのとき……」

内膳が三郎たちとの遭遇から話を始めた。

「瀬木衆が、我らとの合議をないがしろにして……」

つごうのいいように話を組み立てていく。

「瀬木衆が暴走したと」

「殿、どうぞ、お鎮まり下さいませ。瀬木衆も悪気があったわけではございませぬ。あの者どもは、前回の恥を雪《すす》ぐことに必死で……」

かっとなりかけた毛利綱広に、内膳が瀬木衆をかばった。

「……なるほどの。前回の恥を……ならば、あまり咎め立てるわけにもいかぬか」

毛利綱広が少し落ち着いた。

「どうぞ、瀬木衆にご恩情を」

内膳が毛利綱広に願った。

「失策は許せぬが、憐憫《れんびん》の情をかけてやろうぞ」

毛利綱広がうなずいた。

「死せし瀬木衆の家は、跡目を許す。ただし、逃げ出した二人を上意討ちとしてからである」

「おおっ、仇《かたき》討ちをお許しくださるとは」

「さすがは殿、ご寛容でございまする。我ら一層の忠義を捧《ささ》げまする」

内膳と仁川が毛利綱広を持ちあげた。

「うむ。励めよ」

満足そうに毛利綱広が笑った。

いつのまにか失敗は瀬木衆のせいにされていた。内膳や仁川への責任はうまくごまかされ、毛利綱広のなかから消えていた。

「…………」

内膳と仁川が顔を見合わせて小さくうなずいた。

「まあ、吉良の心胆を寒からしめましたゆえ……」

「…………」

安堵《あんど》した仁川が馬鹿を口にした。

「そうじゃ、吉良はどうなのだ。傷くらいは与えたのであろうな」

「……あっ」

敗北を忘れかけた毛利綱広に、思い出させたと気付いた仁川が、救いを求めるような目で内膳を見た。

「あいにく、わたくしは瀬木衆の行動に気を取られており、詳細まで見とれてはおりませぬが、あれだけの布陣でございまする。無傷ですむとは思えませぬ」

さっと内膳が逃げ口上を言った。

「仁川、そなたはどうじゃ」

毛利綱広が、内膳の援護を受けられず呆然となっていた仁川へ顔を向けた。

「わたくしは……吉良の逃げ道を塞《ふさ》いでおりましたが、たしかに皆の攻撃はみごとでございました」

仁川が必死にひねり出した。

「吉良家の様子はどうだ」

「見て参りましょう」

今度は仁川が早かった。さっと立ち上がるとそそくさと出ていった。

「……仁川」

内膳が苦い顔で見送った。

「五日後には酒井《さかい》雅楽頭《うたのかみ》のもとへ顔を出さねばならぬ。それまでによき報せがもたらせような」

「大丈夫かと」

内膳がなんとかなるだろうと無責任な言葉を口にした。

「なんだと……」

保証のない軽さに毛利綱広が目を吊《つ》り上げた。

「毛利家の面目を保つのは、執政衆の仕事でございまする。わたくしどもは殿の思われることを為《な》すためにございまする」

責任を家老の福原や用人の辰巳に、内膳は押しつけた。

「そのために、かの者たちは高禄と権を与えられておりまする」

「たしかにそうじゃな。先祖の功だけで高禄を無駄に食《は》むようでは、獅子身中《しししんちゅう》の虫とかわらぬわ」

毛利綱広が険しい目をした。

三

息子を京都へ送り出した吉良義冬《よしふゆ》も、黙って芙蓉《ふよう》の間に座っていれば良いというわけにはいかなかった。

「左少将《さしょうしょう》どのよ、上野介《こうずけのすけ》どののご体調はいかがかの」

官位を受けた以上、名前とかご嫡男どのとか呼ぶことは失礼に当たる。

戸田土佐守《とださのかみ》が、吉良義冬に話しかけた。

「おう、おかげさまで、ずいぶんよくなっておりますぞ」

吉良義冬が、笑いながら答えた。

「それはなにより。上野介どのがおられぬと、なにやらこの部屋も沈んだようでござるでな」

よかったと戸田土佐守が応じた。

「いやいや、それほど上野介を気に入っていただいていたとは、露ほども存じませんでしたわ」

ちくりと吉良義冬が皮肉を返した。

「……ところで、上野介どのにご縁談などは」

一瞬だけ鼻白んだ戸田土佐守が、吉良義冬に問うた。

「上野介にでござるか。いや、いまだなにもござらぬ」

吉良義冬が首を横に振った。

「いかがでござろう。同じ高家《こうけ》同士、貴き血をより濃くいたすために、拙者の娘をもらってはくださらぬかの」

戸田土佐守が用件を口にした。

「あいや、待たれよ」

品川内膳正高如《ないぜんのかみたかゆき》が割って入ってきた。

「なにかの、内膳正どの」

割りこまれた戸田土佐守が、わずかに頬をゆがめた。

「吉良家と当家の本家たる今川《いまがわ》家はなんども血を重ねた歴史がござる。その吉良家の跡継ぎどのの婚姻となれば、まず最初に今川の名前が出るべきでござろう」

品川内膳正が物言いを付けた。

たしかに吉良家と今川家のかかわりは深い。

もとは吉良が本家で今川はその分家であった。しかし、戦国という秩序の崩壊は、吉良を三河の守護《しゅご》でおいてはくれなかった。吉良が西条《さいじょう》と東条《とうじょう》の二つに分かれ、内紛を起こしたところに、織田、松平、そして今川らが侵食、ついに吉良家は城地を維持できない状況に陥り、今川の家臣となるしかなくなった。

そのままいけば、吉良は駿河《するが》、遠江《とおとうみ》、三河の太守《たいしゅ》今川家の一門として、そこそこの生活を送られただろうが、桶狭間《おけはざま》の合戦がそれを崩した。

三国で飽き足らず、尾張《おわり》まで手を伸ばそうとした今川義元《よしもと》が、織田信長によって討ち取られるという予想外の事態が起こり、当主を失った今川家は松平家をはじめとする配下の国人《こくじん》領主たちを統率できずに崩壊、義元の跡継ぎ今川氏真《うじざね》は妻の実家である北条《ほうじょう》氏に保護される羽目になった。

当然、駿河で隠居生活に近い日々を送っていた吉良も今川家の没落に巻きこまれた。とりあえずは、旧来の恩を頼って三河の吉良庄へ逃げ込み、そのままおとなしくしていればいいものを、三河一向一揆《いっこういっき》に同調して松平氏に抵抗、領主の座に返り咲こうとして失敗、分家筋の吉良義安《よしやす》に本家を奪われた。その吉良義安の曾孫《ひまご》が義冬である。そして義冬の父吉良義弥《よしみつ》の母が今川氏真の娘になる。ちなみに義弥の祖父義安の妻は、家康の祖父松平清康の娘で、義弥の父は家康の従兄弟《いとこ》にあたった。紆余《うよ》曲折はあったが、たしかに吉良と今川は近い親族であった。

ただ、今川は本家が短命続きで子供がおらず、吉良と縁を結ぶ娘に事欠いている。その今川の分家になる品川家にも正室腹の娘はいないが、縁あるところから養女を迎えることはできる。その養女とした娘を品川から今川へさらに養子縁組させ、三郎の正室にすると品川内膳正は考えていた。

「それはすこし無理な筋ではござらぬかの」

さらにそこへ日野伊予守資栄《ひのいよのかみすけよし》が口を出してきた。

「養女の養女などと言い出せば、血筋とはとても申せませせぬぞ」

日野伊予守が、どっかと品川内膳正の隣に腰を下ろした。

「…………」

言われた品川内膳正が嫌そうな顔をした。

「その点、わたくしには、娘がおりますので の」

自慢げに日野伊予守が胸を張った。

「公家《くげ》高家の血を武家高家に入れると」

品川内膳正が言い返した。

先祖を公家に持つ高家はどうしても、京《きょう》にある本家の意向を受けやすい。それは逆に、本家を通じて朝廷へ根回しができるという利点にもなるが、やはり諸刃《もろは》の剣であることは否めなかった。

とくに朝廷から嫡子の段階で従四位《じゅしい》という高位を与えられた三郎である。その三郎が公家高家から正室を迎えるというのは、高家という天秤《てんびん》を大きく公家に傾けることにもなりかねない。

「公家だの武家だのと、まだ言われるか。公家をよく黴《かび》の生えた連中と嘲笑《ちょうしょう》されるが、それこそ因循姑息《いんじゅんこそく》であろう。我らはひとしく徳川の家臣でござる。出が公家であろうが、武家であろうが、今は禄をくださる徳川家に忠節を尽くす旗本」

日野伊予守が正論をもって反した。

「むっ」

品川内膳正が詰まった。

そこを言い出すと、日野家を旗本として迎えた三代将軍徳川家光《いえみつ》を貶《おとし》めることになる。

「当家は徳川の譜代でござる」

「神君《しんくん》を織田に売り渡した一族が譜代面でござるか」

自慢げな戸田土佐守に、品川内膳正が嘲笑した。

徳川家康を売り渡したというのは、まだ子供だった家康を今川が人質に望み、岡崎から駿府《すんぷ》へ運ぶ途中で奪い、そのまま織田信長の父信秀《のぶひで》に渡したことをいう。そのとき徳川家康を掠めたのが、戸田康光《やすみつ》であった。

言うまでもなく、戸田康光は今川の怒りを買って、攻め滅ぼされている。ただ、松《まつ》康光の子堯光の弟が今川に最初から従っていたことで、一門は無事に生き残り、松本《もと》藩主となった戸田康長《やすなが》、後に松平の名乗りを許される、を筆頭に、大久保《おおくぼ》家や本多家ほどではないにせよ、徳川の譜代として重きをなしていた。

それでも誹《そし》る者はいる。

「聞き捨てなりませぬぞ」

戸田土佐守が顔色を変えた。

「事実は事実でござろう」

品川内膳正が受けて立つと言った。

「それを言い出せば、今川家は腹を切らねばなりませぬな。なにせ神君家康公を人質としていたのでございますからな」

日野伊予守が口の端を吊り上げた。

「……人聞きの悪いことを言わないでいただきたい。庇護《ひご》でござる。庇護で」

品川内膳正が眉を引きつらせながら、首を横に振った。

「庇護で、三河をあのように……」

日野伊予守の言葉に、戸田土佐守が乗った。

家臣に襲われた傷が元で、家康の父広忠《ひろただ》が死亡した後、代官を岡崎城に押しこんだ今川家は、三河武士を使い潰した。

戦場ではいつも先手ですり減らされ、年貢はそのほとんどを家康の駿府住まいの費えと言って取りあげられる。空腹で強敵に当てられて勝てるわけはない。それでも後ろに誰へ向けているのかわからない槍《やり》の穂先を今川勢がきらめかせている。逃げようとして味方に殺されるより、前に出て勝ち目のない戦いをする方がましと、あのころの三河武士は命を捨てた。

その恨みが桶狭間の合戦で今川を負けさせたとまで言われるほど、強いものであった。

「今川の庇護なくば、松平は岡崎を維持できなかったであろう」

品川内膳正が怒りの余り、口にしてはまずい発言をしてしまった。

「内膳正どの」

吉良義冬がそろそろだと仲裁に入った。

「当家の嫁取りでございますれば、こちらが決めさせていただく。どうぞ、こちらから娘御をと頼みに参るまで、お静かに願いたい」

「……左少将どのが言われるならば」

「たしかにその通りでござるな」

「いや、お騒がせをいたした」

品川内膳正、戸田土佐守、日野伊予守が納得した。

「さて、そろそろ下城の刻限でござろう」

吉良義冬が立ち上がった。


芙蓉の間にも高家以外の者はいる。その最たる者が、城中での雑用をこなすお城坊主であった。

三郎の縁談がらみで芙蓉の間がざわついた日、当番だったお城坊主が老中《ろうじゆう》酒井雅楽頭のもとへ話を売りこんだ。

「……ということでございまする」

金で情報を売るのがお城坊主の本業に近い。

「そこまで吉良の息子に価値があると、高家どもは考えておるのか」

酒井雅楽頭が驚きを露《あら》わにした。

「……………」

お城坊主は話を売るだけで、それへの対策などをしゃべることはしない。それをしてしまうと、権力者との繋《つな》がりが強くなりすぎ、なにかあったときに巻きこまれることになるからだ。

「わかった。ご苦労であった」

さっさと酒井雅楽頭がお城坊主を帰す。

「では、御免をくださいませ」

しっかり用人から渡された紙包みを懐に押しこんで、お城坊主は酒井雅楽頭の上屋敷を出た。

「さて、次は大久保加賀守《かがのかみ》さまと保科肥後守《ほしなひごのかみ》さまか。大久保加賀守さまは近いけど、保科肥後守さまの上屋敷はちょっと離れるのが難点であることよ」

お城坊主は同じ話を三人に売った。


岡崎を朝早くに出た三郎たちは、吉良へ昼過ぎに入った。

「ここが、吉良の地」

矢作川の土手に立って、三郎は拡がる田畑を見下ろした。

「このあたり一帯、すべてが見えるわけではございませぬが、八ヵ村三千二百石がお家の領地でございまする」

儀介が手を拡げるようにしてお披露目した。

「……………」

三郎が感慨に浸った。

吉良は足利《あしかが》宗家三代足利義氏《よしうじ》が、鎌倉《かまくら》幕府から三河の守護を得たときに庶長子の長氏《ながうじ》に吉良庄を与えたことで始まった。

当時の吉良は矢作川の流れで二つに分かれており、その西を長氏が治め、東を弟義継《よしつぐ》に預けた。それ以来、足利宗家、今川、徳川と主を替えながらも、この地を治めてきた。

落魄《らくはく》したときには、領主とは名ばかりになったが、それでもずっと吉良は吉良にあった。

「初めて見る風景だが、なぜか胸に響く」

三郎は知らず知らず涙を流していた。

「……若殿さま」

儀介も感動していた。

「この地を守らねばならぬ」

　ぐっと三郎が手を握りしめた。

「若さまは、きっとよい領主となられましょう」

　小林平八郎が保証した。

「ああ。この地を豊かにする。それが吉良の名を受け継ぐ者の使命である」

　三郎が決意を口にした。

「では、村長のもとへ参りましょう」

　小林平八郎が促した。

「とんでもございませぬ。ここへ呼んで参りまする」

　儀介があわてた。

　どこの大名でも旗本でも同じであるが、領主の国入りには、領民が国境まで出迎える決まりであった。

「そうだな」

　不意の来訪であるが、こういった格式は維持しておかなければ、吉良の名前が軽くなってしまう。

　三郎がうなずいた。

「どこでお待ちになりまするか」

小林平八郎が問うた。

いくら儀式とはいえ、村長が出てくるまで三郎を立たせておく、いや、野ざらしにしておくわけにはいかなかった。

「華蔵寺《けぞうじ》で先祖の墓に参っておこう」

三郎が提案した。

「まさに、妙案でございまする」

小林平八郎が手を打った。

華蔵寺は吉良義定《よしさだ》が吉良の領主として返り咲いたとき、父義安の菩提《ぼだい》を弔うために建立した臨済《りんざい》宗の寺である。

以降、吉良家の菩提寺として保護され、義安、義定、義弥の三代の墓があった。

先祖の墓参りというのは、親孝行と並んで儒教を国是としている徳川幕府が推進している。さすがに当主ともなると、江戸を離れるのに幕府へ届けを出さなければならないが、嫡男で正式なお役目に就いていない三郎ならば、後日江戸を無断で離れたことの言いわけとして十分通じた。

また、菩提寺へ墓参りに来たとなれば、村長も警戒を解く。

前触れもなく、次期当主が国入りしたとなれば、隠し田を見つけに来たのかとか、年貢の帳簿をあらために来たのかと疑う。

それをしなくてすむとなれば、村長も来やすい。疑心暗鬼の状況であれば、帳面を隠すだとか、蔵にある米を別のところに移すだとか、なにかの手を打とうとして、そのぶん、三郎を待たせることになってしまう。

そして身分ある者は、格下に待たされることを我慢できない。いや、我慢してはならなかった。

武家というのは、厳密な階級で成立していた。

基本、武士は戦う者だ。しかも単独ではなく、家臣団を率いて、あるいは大名に率いられて、戦場で敵を屠《ほふ》る。そのときの出来高で、戦後もらえるものが変わる。

それだけに指揮は一元になっていなければならなかった。

船頭多くして船山に上るでは困る。もっとも船にはできない山登りをしてみせるというならば、それはそれで別の意味になるが、戦場でそんな博打《ばくち》をするわけにはいかない。博打を仕掛けなければならない段階で、戦というのは負けている。

勝つあるいは負けるにしても軍勢は一つにまとまる。それが当主の役目であり、これを侵すことを下剋上《げこくじょう》という。

三好長慶《みよしながよし》、織田信長、豊臣秀吉、徳川家康も、この下剋上をおこなって天下を獲《と》った。それだけに徳川家は下剋上を絶対に許さないことを政《まつりごと》の中心においている。当主には誰も逆らえない。それが親であろうが兄であろうが、当主の言葉は絶対である。そしてその当主の代理を務めることができる者がその下に来る。家老、用人などの譜代の重臣と嫡男である。

つまり嫡男は、当主の代行なのだ。いかにお忍びであっても、相応の対処をしなければならない相手である。その相手を待たせる。いや、待つということは、国元において格付けが変わるということになる。そして、それは三郎が当主となったときに、牙《きば》を剝《む》く。

「できませぬ」

「これ以上はお断りいたしましょう」

吉良家が領地に命じる賦役《ふえき》や年貢を村長の権限で拒否できる。その前例ができるかどうかの瀬戸際であった。

「儀介にはできぬか」

「在所の出でございますから。村長には遠慮がございましょう」

ため息を吐いた三郎に、小林平八郎が首肯した。

「どれくらいが限界だ」

「すべてのお墓にお参りをすませ、住職と話をする。合わせて一刻（約二時間）でしょう」

問うた三郎に小林平八郎が答えた。

「一刻か。それを過ぎれば、吾はここを離れて岡山《おかやま》の村へ行くことになる」

吉良村がもっとも大きな所領であり、吉良家の本貫地ではあるが、岡山も重要な土地である。

「そこで残り六カ村の村長に集合をおかけなさるべきかと」

小林平八郎が提案した。

吉良村よりも当然残り七つの村を合わせたほうが大きい。その七つの村が三郎に従う姿勢を見せれば、吉良村の村長も抵抗できなくなる。

「年貢で差別することになる」

「…………」

その手法を口にした三郎に、小林平八郎が無言で肯定した。

旗本領の年貢は幕府の慣例に従って四公六民である。しかし、これは決まりではなく、旗本家の内情によって上下した。

昨年の年始に江戸を襲った大火で屋敷を失った大名や旗本は多い。吉良家も江戸城へ火が入ったことで類焼を受けた。幸い、旗本の屋敷は幕府からの借り物という扱いであったため、建て替えは普請《ふしん》奉行が担当してくれたが、屋敷が再建されるまでの間借り代、そして焼けた家具や什器《じゅうき》などの新規購入の金は、自前である。

高家という見栄《みえ》を張るのが役目であるだけに、建具や家具なども間に合わせというわけにはいかず、それなりのものを買わなければならない。その費用が吉良家の蔵を空にしてしまった。余得の多い高家でさえそうなのだ。他の旗本が金策に苦労したのは無理もないことで、年貢を今年だけという限定で五公五民、六公四民にした旗本もかなりいた。

つまり、吉良家が吉良村だけ年貢を六公四民にしたところで、一揆か強訴《ごうそ》でもおこらないかぎり、幕府は知らん顔をする。

「行こうか」

三郎が、華蔵寺の大屋根を目指して歩き始めた。

四

吉良村の村長は、屋敷で帳面を付けていたところに、儀介が走りこんできた。

「長《おさ》」

「おまえは……儀介。帰ってきたのか。まさか、御前体《ごぜんてい》をしくじったのではあるまいな」

村長としては、吉良家へ賦役の代わりとして差し出した小者が、年季明けでもないのに帰ってきたとしたら、それを危惧《きぐ》するのは当然であった。

「それはございません。お殿さまにも若殿さまにもかわいがっていただいておりまする」

あわてて儀介が否定した。

もし、本当にしくじって国元に追い返されたなら、それこそ村八分決定である。江戸へ奉公に出されるだけに、儀介は次男である。もし、その儀介が村八分になれば、当たり前のように兄とその家族も巻きこまれる。

「では、なんじゃ」

「若殿さまのお供でございまする」

「なんと言った」

儀介の答えを村長が聞き返した。

「ですから、若殿さまがお見えでございまする」

「さっさと言え」

村長が跳びあがった。

「若さまはなにをなさりに来た」

やはり不意の来訪は懸念を呼ぶ。

「このたび、若殿さまが従四位に任じられたことは」

「知っておる。手紙が来た」

領主家の祝い事である。すべての知行所《ちぎょうしょ》に手紙と祝いの白扇が送られている。

「しっかり、お祝いもしたぞ」

白扇は、祝いを出せという要求も兼ねていた。

村長が手抜かりはないとうなずいた。

「若さまのご機嫌はどうだ」

儀介が子供の使いだと理解した村長が、質問を変えた。

「よろしゅうございますとも。先ほども矢作川の土手から、村を見下ろして感慨にひたっておいででございました」

儀介が自慢のように告げた。

「で、若さまはこちらへお見えになるのか」

「いえ。華蔵寺でお待ちでございまする」

「華蔵寺か。ご先祖のご供養とあれば、あまりあわてて行くのもよろしからずだな」

祈りを捧げているところに割りこむのはまずかった。

「かといって、お待たせしては……」

村長が難しい顔をした。

「太郎兵衛《たろべえ》はどこだ」

「田を見に行かれましたが」

振り向いて家中に問うた村長に、小作人が答えた。

「連れてこい。急げ」

村長が長男を呼んでこいと命じた。

「……へい」

急いで小作人が走っていった。

華蔵寺の住職は三郎の顔を知らなかった。

「由縁の方かの」

吉良家代々の墓に参っている三郎と小林平八郎に声をかけた。

「ご住職でございましょうか」

すっと小林平八郎が三郎を後ろにかばいつつ訊いた。

「いかにも。当寺の住職でござる」

数珠《じゅず》をかけた手を合掌しながら、住職がうなずいた。

「これはご無礼をいたしましてござる。拙者吉良家用人小林平右衛門《へいえもん》が一子平八郎と申しまする」

「ご用人さまの……では」

吉良家で用人といえば、大名家の家老に当たる。その息子が背にかばうとなれば、相手は一人しかいなかった。

「お初にお目にかかる。吉良左近衛少将《さこんえのしょうしょう》の長子吉良上野介でござる」

「これは畏《おそ》れ入りましてございまする」

名乗った三郎に住職が急いで頭をさげた。

「前触れもなく参りましたことをお詫びいたしましょう」

「とんでもございませぬ。ご先祖さまの墓参は、いつでも為されるべきでございまする」

詫びた三郎に住職が手を振った。

「せっかくでございまする。お経などを」

そういって住職が読経を始めた。

「……………」

じっと頭《こうべ》を垂れて、読経に聞き惚《ほ》れた三郎だったが、その終わりと同時に顔をあげた。

「いかがでしょう、白湯《さゆ》など差し上げたいが」

それを待っていた住職が誘った。

「喜んで」

三郎が同意した。

華蔵寺は吉良家から寄進された寺領でやりくりをしている。さすがに庫裏《くり》や納所《なっしょ》に三郎を連れていくわけにもいかず、本堂での接待となった。

「そういえば、遅くなりましたがご叙任おめでとうございまする」

住職が手を突いて祝いを述べた。

「かたじけなく存じまする。まだ、若年の身に余る光栄と重任に震える思いでおりまする」

三郎が応じた。

「いえいえ。ご先祖さまもお喜びでございましょう」

住職が本尊を見上げた。

「ご住持、少し訊かせていただいてもよろしいか」

三郎が住職に願った。

「愚僧のわかることでございましたら」

住職がうなずいた。

「なぜ、わたくしに従四位などという高位を朝廷は授けてくださったのでしょう」

素直に三郎は疑問を口にした。

「…………」

しばらく瞑目《めいもく》して数珠をたぐっていた住職が目を開けた。

「畏《かしこ》き辺りのお考えなど、愚僧ごときにはわかりませぬが……」

そこで一拍の間を住職は取った。

「……ただ雲の上は絶えず、風の吹くところと申しまする。その風が若さま、いえ上野介さまを呼ばれた」

住職が謎をかけるように言った。

「ご住持は、京に」

「若きころ、妙心寺《みょうしんじ》で修行を積んでおりました」

三郎の確認に、住職が首肯した。

「雲の上の風は強く当たりましょうか」

「上野介さま次第ではございませぬかの」

問うた三郎に、住職が笑いかけた。

「その風に乗るもよし、背中を押されるもよし。ただ、逆らうことはお止めになったほうがよろしいかと愚考つかまつりまする」

「逆らえば……」

「空の彼方《かなた》へ吹き飛ばされましょう」

住職が首を横に振った。

「…………」

三郎は息を呑んだ。

「……あのう」

本堂の戸障子が少し開いて、小坊主が顔を出した。

「どうかいたしたのか」

住職が大きく背をよじって、振り返った。

「村長がお出《い》でになりました」

小坊主が用件を告げた。

「お通しなさい」

「はい、お師匠さま」

住職の許可を受けて、小坊主が戸障子を閉めた。

「お出でのようでございますな。愚僧はご挨拶のみで失礼いたしましょう」

「かたじけなし」

場所を貸してくれると言った住職に三郎は礼を述べた。

待つほどもなく、小坊主がもう一度開けた戸障子から、壮年の村長がおずおずと入ってきた。

「ようこそ、お参りで」

住職が穏やかな笑顔で村長を迎えた。

「吉良村の長を務めておりまする権堂俵右衛門《ごんどうひょうえもん》と申しまする」

村長が三間（約五・四メートル）ほど離れたところで平伏した。

「吉良上野介である」

三郎が応じた。

「では、愚僧はこれにて」

住職が静かに出ていった。

「面《おもて》を上げよ」

ずっと顔を伏せたままの村長権堂俵右衛門に、三郎が声をかけた。

「畏れ多いことでございまする」

言われてすぐに顔を上げるのは礼儀として正しいものではない。権堂俵右衛門が額を本堂の床に押しつけたまま告げた。

「かまわぬ。顔を見せよ」

三郎がもう一度許可を出した。

「ははっ」

権堂俵右衛門がようやく顔を上げた。

これが将軍相手となれば、三度目まで顔は伏せたままになる。天皇にかんしては、この慣習はなかった。というのは、そもそも天皇に目通りできるのは、従三位以上の公家だけであり、その位階ともなると天皇家の血筋が入っているのは当然のことであり、いわば身内の話になるからであった。

「権堂、村はどうじゃ」

まず、三郎は当たり障りのない話から入った。

「ご威光をもちまして、村は無事に過ごさせていただいておりまする」

当たり障りのない返事が権堂俵右衛門から返ってきた。

村長ともなると、名字帯刀を許されていることが多い。とくに本貫地の村長は、代官職を兼ねることも多く、領主からわずかながら扶持《ふち》米を給されている場合もままあった。

「それはなによりである。父も知行所の恙《つつが》なさを喜んでおろう」

「ありがとう存じまする」

三郎の褒め言葉に、権堂俵右衛門が安堵の息を吐いた。これで、なにかを咎めに来たという筋は消えた。

「初めて国元を見たが、なんともいえず不思議な面もちよな。来たこともないというに、なぜか懐かしくてたまらぬわ。これが郷《さと》というものなのであろう」

「お言葉かたじけなく存じまする。領民を代表して、お礼を申しあげまする」

権堂俵右衛門が三郎の感傷に頭を垂れた。

「米のなりも良さそうであるし、岡崎にも近い。矢作川が流れておるおかげで水の心配もない。そういえば、塩も作っているのだな」

「はい。砂浜を利用いたしまして、塩作りをいたしております」

「それはよいな。塩を買うとなれば、領内の金が流れ出る」

三郎がうなずいた。

農村には現金がない。年貢として米を納めてしまえば、残ったぶんは好きにできるが、まさか売るわけにもいかなかった。米は主食であり、また来年種籾《たねもみ》にもなる。どうしてもかなりの量を残しておかねばならず、売り払える米は少ない。

また売った米の代金は、傷んだ農具の買い換えや、干し鰯《いわし》などの肥料の購入に充てざるを得ず、好きに遣える金はさほどなかった。

幸い、凶作にでもならない限り、食べていくことはできる。毎日白米は無理でも、五分づき、麦飯ならば喰《く》える。他にも山に入れば、自然薯《じねんじょ》、あけび、きのこなどが採れる。それは動いたぶんしか食べものは手に入らないことでもある。

そんなところで生活に欠かせないとはいえ、塩を買うのはかなり辛《つら》いことであった。

「後で塩作りを見せてくれ」

「いつなりともご案内仕《つかまつ》りまする」

三郎の要求に権堂俵右衛門が首肯した。

「では、粗末なところでございまするが、我が家においでくださいませ」

「ああ、世話になる」

こうして不意に来た領主の息子を迎える儀式は終わった。


村長の屋敷は、代官を兼ねるだけに大きい。代官役所を兼ねる母屋の他に米を保管する蔵が並ぶ。

「どうぞ」

権堂俵右衛門が三郎を案内したのは、御座の間とされている奥の一室であった。

「こちらは代々のご当主さまが、吉良村へお見えの節、お使いになるところで、わたくしを含め、家人は掃除のとき以外は、入ることもいたしておりませぬ」

「さようか。よき部屋である」

三郎が褒めた。

御座の間の襖《ふすま》を開け放てば、次の間ごしに村長屋敷の庭が見える。さほど広いわけでもなく、名のある庭師によるものではなさそうだが、それだけに野趣に溢《あふ》れ、江戸屋敷の豪勢な庭とは違った色合いを醸し出していた。

「どうぞ、喉《のど》をお湿しくださいますよう」

茶を権堂俵右衛門が点《た》てた。

「いただこう」

三郎が見事な姿で茶を喫した。

「……ほう」

権堂俵右衛門がその様子に感嘆を漏らした。

「結構なお点前《てまえ》でござった」

茶道は参加者に身分の上下を認めていない。あるのはもてなす側ともてなされる側の心構えだけである。

「お粗末さまでございまする」

だからといって、村長が当主の息子と同格な態度を取れるわけはなかった。

褒められた権堂俵右衛門が深々と頭を垂れた。

「さて」

三郎が茶碗《ちゃわん》を吟味することなく、置いた。

「……はい」

茶碗を引き寄せて、拭《ぬぐ》いをかけて仕舞った権堂俵右衛門が心持ち頭を傾けて聞く姿勢を取った。

「不意に参ったのは、少し頼みたいことがあるからじゃ」

三郎が用件に入った。

「できることでしたら」

権堂俵右衛門が牽制《けんせい》を口にした。

「なんとかして欲しい」

それを三郎は押し返した。

「お伺いいたしましょう」

聞くだけは聞こうと権堂俵右衛門が応じた。

「吾が従四位下侍従《じじゅう》兼上野介に任じられたことは存じておろう」

「存じ上げております。おめでとう存じまする」

「祝いも大儀であった」

目上というか領主家の祝いはして当然で、しなければまずい。受け取った領主家としても、当たり前のことに礼を言うわけにはいかなかった。

「それでの装束を作らねばならぬ。父の下がりをとも考えたが、親子で従四位という類例のない祝事に古着はよろしくなかろうということで、新装する次第になった」

「…………」

ここまで来れば金の無心だと誰でもわかる。権堂俵右衛門が黙った。

「そこでな。京で装束を作る費えを出してもらいたい」

端《はな》から返す気はない。貸してくれとは言わず、三郎は出せと命じた。

「いかほどでございましょう。装束などわたくしどもにはわかりかねまする」

「余裕を見れば三百金」

「さ、三百両……」

権堂俵右衛門が驚いた。

「そんな大金は、とても、とても」

顔色を変えた権堂俵右衛門が首を強く横に振った。

「どうしても頼みたい。駄目だというならば、他の村に分割して頼むことになる。そうすれば、一つの村で四十金ほどになる」

「四十金……三十金のまちがいでは」

計算が合わないと権堂俵右衛門が怪訝な顔をした。

「吉良村は省く」

三郎が冷たく言った。

「それは……」

先ほどよりも権堂俵右衛門の顔色が変わった。

他の七村の村長も愚かではない。求められた金額から逆算して、吉良村には金が課されていないと気付く。もちろん、その意味にもである。

「俵右衛門は殿さまを怒らせたらしい」

そうなれば、たちまち態度が変わる。今までの本貫地の村長という名誉は地に落ち、なにかあっても吉良村の指示は受けなくなる。当然、祭なども影響してくる。

「なにがあったんじゃ」

やがて不審は吉良村の百姓にも拡がり、

「村長を替えて、殿さまにお詫びを」

一部の豪農が旗を振り、それに百姓が従えば、権堂俵右衛門の地位はなくなる。

「さようか。吉良村の者どもがそういうなれば、代官から権堂俵右衛門を外す」

言うまでもなく吉良義冬はそれを認める。

そうなれば、代々権堂家が今まで享受してきた名誉は失なわれ、生活も大きく変わってしまう。

「…………」

権堂俵右衛門が苦渋に満ちた顔で思案しだした。

「ああ、今さら八村でとかいうのはない。出せぬとそなたは申したのだ」

三百両は無理と言っただけとわかりながらも、三郎はわざと曲解した。

「それは……」

逃げ道を塞がれた権堂俵右衛門が恨めしそうな目で三郎を見つめた。

「三百はきついか。ならば二百五十、いや、無理を言うておるのはわかっておる。どうだ二百金頼めぬか」

つりあげた金額を、三郎が実際に欲しい金額まで下げた。

「二百両で、他の村には……」

「寄らずに去ろう」

窺うような権堂俵右衛門に、三郎が約束した。

「……わかりましてございまする」

権堂俵右衛門が折れた。

第五章　若者の想い

一

京《きょう》ほど乱世の被害を受けたところはなかった。

なにせ京を手中に収めないと天下人とは名乗れないのだ。天下に武を布《し》こうとする大名たちは、軍勢を率いて京を目指した。

細川《ほそかわ》、山名《やまな》、三好《みよし》、織田《おだ》といった大名が、京を支配した。

織田信長《のぶなが》だけは、家中の侍、雑兵《ぞうひょう》、小者《こもの》に、洛中《らくちゅう》での乱暴狼藉《ろうぜき》を禁じたが、他の武将は配下の者たちの不満を解消させるため、好き放題にさせた。

禄《ろく》を与えられている部将はまだいい。そのようなまねをしなくても功績を立てれば働いただけの褒賞を得られる。

しかし、雑兵たちは決められた褒賞だけしかもらえない。圧勝とか重要な拠点を落としたなど、大将を喜ばせるほどの大勝利ならば、多少の褒美は出る。だが、防衛戦など勝って当然の戦いでは、なにもない。

とくに賦役《ふえき》の一つとして駆り出された百姓たちは勝ち負けにかかわらず、褒賞はない。領民としての義務で戦場に連れられて、足軽《あしがる》あるいは小者として働く。

もちろん、手柄を立てることもある。だが、そのほとんどはなにもなく終わり、戦が終われば国元へ帰るだけなのだ。いや、帰れる者はまだいい。大怪我をして働けなくなる者、槍《やり》の錆《さび》、弓の的として命を落とすこともまま ある。

そして生きて帰れても、次も無事という保証はない。

なにより、貴重な男手を農作業から奪われるのだ。当然、米を始めとする穫《と》れ高にも影響は出る。

それらへの保証はない。死者に褒美を与えるほど、大名は甘くなかった。

なれば、なにかしらを手にしないと割りに合わないと考えるのは当たり前のことである。

雑兵や小者だけではなく、陣借りをしている牢人《ろうにん》はもっと切実であった。

牢人は主君をもたない。主君がいない牢人は、戦に参加することができなかった。

「お味方仕《つかまつ》る」

「是非に御陣の端をお貸しいただきたく」

牢人たちは戦があると聞けば、そこへ走り、参加したいと願う。

そこで活躍すれば、仕官の声がかかることもある。そうでなくとも、顔を繋《つな》ぐくらいにはなる。

だからといって陣借りは楽ではなかった。

まず、滅多《めった》に許されることがない。これは見ず知らずの者を抱えこんで、戦の途中で寝返られたり、こちらの策を探って敵に流したりされては困るからであった。

「某《なにがし》どのとはかつて……」

顔見知りを頼ることができればまだいいが、そうでなければ許可が出たとしても、手柄の立てられるようないい陣場ではなく、矢除け弾除けになったり、味方の後始末をするように後部で控えさせられたりする。

それでは、なかなか手柄には届かない。目立つような手柄でなければ、牢人など雇ってもらえない。

だが現実は厳しい。

戦に参加してもほとんどの場合、何一つ手柄を立てることができない。

「ご苦労であった」

そんなとき、労《ねぎら》いの言葉でもかけてもらえるとまし、

「二度と顔を見たくもないわ」

陣借りの牢人は、そのときの状況でどこへつくかなど決まっていない。つまり、明日は敵方で槍を向けてくるかも知れないのだ。

それこそ、石で追われることもある。

命がけで戦場に来て、手ぶらで帰る。それでは生きていけないのだ。陣場借りの牢人は、基本として武具も兵糧も自前が慣例であり、それさえなければ雑兵として参加するしかなくなってしまう。ようはなにももらえなければ、持ち出しの損になる。

「ならば……」

力ずくで奪うのが武士のやり様である。

陣借りとはいえ、勝ったほうに参加していたとなれば、捕まえられることはない。

雑兵、小者、陣借り牢人の乱暴狼藉は、褒賞代わりであり、死ぬかも知れないという恐怖から解放された気分の発散でもあった。

「金だあ」

「黙ってろ」

「おれは三好さまの者だぞ。逆らう気か」

金、もの、そして女を奪う。

こうして京は力に侵された。

天下の都もなにもあったものではなかった。

「我らに傷が付かぬようにはしてくれや」

公家《くげ》も吾《わ》が身だけで精一杯である。庶民のことなど気にもしていない。

さすがに公家への手出しは、まずい。

「配下の者も抑えられぬ者に、近衛《このえ》将軍はの」

「弾正尹《だんじょうのいん》は京を守るのが役目であるよってのう」

公家は公家で任官を武器に大名と交渉する。官職は名分なのだ。

「焼け。将軍に味方するようなものの見えておらぬ輩《やから》は不要じゃ」

織田信長のように公家でも遠慮しない大名もいた。

しかし、京を、朝廷を、天皇を抑えなければ、天下は獲れない。

結果、京は何度も争いの中心となり、酷《ひど》い目に遭ってきた。

「木曾《きそ》から義仲《よしなか》はんが出てきはったときは……」

京の者が、数百年を昨日のことのように語るのは、何年経とうが、何代を重ねようが、恨みは忘れないとの意思表示なのだ。

「長いもん、腰に下げてたら偉いと思ってる奴が来たで」

「腰の一物《いちもつ》の長さを誇らんかい」

「小さいから、それで女を満足させられへんねん。言うてやりな」

京へ入った三郎《さぶろう》たちを、出迎えたのは聞こえよがしな嫌味であった。

「なんだとっ」

小林平八郎《こばやしへいはちろう》がきっと睨《にら》みつけた。

「無礼を申すならば、そのままには捨て置かぬぞ」

刀の柄《つか》に小林平八郎が手をかけた。

「止めよ」

三郎が小林平八郎を押さえた。

「ですが……」

小林平八郎が怒りを露《あら》わにした。

民が武士に無礼を働けば、討ち果たしてもかまわないとされている。しかし、それは乱世のことであり、泰平の今では形として残ってはいるが、そうはいかなかった。

泰平とは血腥《ちなまぐさ》くては成りたたないのだ。幕府は天下を手にした瞬間に、武を嫌う。武を許せば、下剋上《げこくじょう》が起こるからである。

そのために無礼討ちはまず認められなかった。いや、無礼討ちをすれば、己も生きてはいられなかった。その場を去らずに腹を切る。こうして主家にかかる迷惑をなくす。その覚悟がなければ無礼討ちはできなかった。

ただ、一つだけ無礼討ちは許された。

主君を馬鹿にされた場合である。このときは、決してその場を去らせず、相手を討ち果たさなければならなかった。そして、それは見事な忠節として讃《たた》えられた。

そうしないと、将軍を庶民が嘲弄《ちょうろう》しても、武士は黙って見ていなければならなくなるからだ。天下の主《あるじ》としての権威を守らなければならない。

小林平八郎の憤りは正当なものであった。

「放っておけ。蛙が鳴いたからといって、刀を抜く者はおるまい」

三郎が小林平八郎を宥《なだ》めた。

「なっ」

それ以上はなにも言えなかった。

「蛙やと」

悪口を口にしていた連中が唖然《あぜん》とした。しかし、それ以上はなにも言えなかった。

これ以上言えば、さすがにただではすまなくなる。

「なにをしているか。それで町奉行が務まるか」

京都町奉行の責任問題にもなる。そうなれば、誰も斬られた庶民を助けてはくれなくなる。下手をすれば家族も京を追い出される。

「……………」

言われた庶民たちがそそくさと逃げていった。

「若さま……」

「あんなもの、城中での嫌がらせに比べれば、ないも同じじゃ」

三郎が手を振った。

高家《こうけ》見習いというか、その前の段階に近い見学の状態で芙蓉《ふよう》の間に出入りしていた三郎を、他の高家は基本無視してきた。

いない者として扱われるのはきつい。芙蓉の間を出入りするとき、父吉良義冬《きらよしふゆ》がいなければ、わざと三郎を蹴《け》飛ばしたり、踏みつけたりしていく者もいる。

もちろん、謝罪など一度もなかった。

「邪魔である」

そう言われるほうがはるかにましである。

三郎はこの数年で、嫌と言うほど人の汚い部分を見てきた。いや、見せつけられてきている。聞こえよがしの悪口など、通り雨ほどの痛手にもならなかった。

「ああ、なんと……」

「どういたした」

天を仰いだ小林平八郎に、三郎が驚いた。

「若さまが、ここまでお育ちになってくださるとは……」

小林平八郎が感動していた。

「……なにか納得いかぬものを感じるわ。吾はそこまで短気か」

しみじみと言う小林平八郎に、三郎が不満げに鼻を鳴らした。

「若殿さま、お宿はいかがいたしましょうや」

少しあきれた風で見守っていた儀介《ぎすけ》が、割りこんできた。

「宿の手配はせずともよい」

「えっ……」

言い切った三郎に、儀介が目を剝《む》いた。

「宿はすでに決めてある」

「左様でございましたか」

告げた三郎に、儀介が安堵《あんど》した。

「若さま……」

小林平八郎が不安そうな顔を見せた。

「京のお宿などご存じとは思えませぬが、いつの間に。殿さまでも京にご存じよりの者はいらせられましょうが、宿までは……」

吉良義冬は高家の役目としてなんども上洛している。京では茶会も開くし、宴席へ招かれることもある。商人とのつきあいも多い。だが、上洛した高家は、二条城《にじょう》近くにある京都所司代《きょうとしょしだい》屋敷に滞在するのが慣例で、まず旅籠《はたご》などを使うことはなかった。

「なにを申しておる。吾《われ》が京の宿屋など知るわけなかろうが」

当たり前のことを言うなと三郎が、首を横に振った。

「まさか……」

思いあたったらしい小林平八郎の顔色が白くなった。

「今出川《いまでがわ》御門《ごもん》内、近衛さまのお屋敷に泊めていただく」

三郎が述べた。

二

近衛家は天皇家にもっとも近い公家として、御所《ごしょ》のなかに屋敷を与えられていた。

「日のある間に着けてなによりじゃ」

御所の門も暮れ六つ（午後六時ごろ）には閉じられる。名前と訪問先を告げれば、脇門を開けてはもらえるが、江戸《えど》の吉良にかかわりある者が近衛を訪ねてきたと知れることになる。

春まだ浅く、日の暮れの早い今だけに、三郎は安堵していた。

「はい」

小林平八郎もうなずいた。

三条大橋《さんじょうおおはし》を渡ってから、ほとんど小走りに近い速さで来たのだ。儀介などは、御所内という緊張も加わって息が上がってしまい、声さえだせないありさまであった。

「さて、武家がじっとしていては目立つ」

三郎は近衛家の門へと近づいた。

日が暮れかけている。さすがに五摂家《ごせっけ》ともなれば、灯《あか》りの油や蠟燭《ろうそく》には不自由してはいないが、だからといって無駄に遣うのははばかられる。

「今宵《こよい》は、十六夜か」

書見をしていた近衛基熙《もとひろ》が本を閉じて、庭に面した障子窓を開けた。

「灯りは要らんな。かといって、寒いわ」

近衛基熙が障子窓を閉めた。

「御所はん」

廊下から近衛基熙を呼ぶ声がした。五摂家の当主など高位の公家は御所と呼ばれた。

「清麿《きよまろ》か。開けてええ」

近衛基熙が、側近の求めに応じた。

「どないした。なんぞあったか」

まだ十一歳と若いが、江戸行きの密使やその後の後光明《ごこうみょう》天皇の大喪《たいそう》の礼、今上《きんじょう》帝の即位の礼などを立て続けに経験したことで、近衛基熙は稚気を残しながらも公家の筆頭にふさわしい雰囲気を持つようになっていた。

「お客はんでおじゃりまする」

「客……麿《まろ》にか。誰や」

笑いを含んだ表情で言う平松《ひらまつ》清麿に、近衛基熙が首をかしげた。

「お待ちかねのお方で」

「……待ちかね……三郎か」

近衛基熙が思わず、腰を浮かせた。

「さようでおじゃりまする」

「通せ、ここへ、早《はよ》う」

「まるで愛しい女《おなご》を迎えるようでおじゃりますな」

喜色満面の近衛基熙に、平松清麿が笑った。

「三郎が女やったら、とっくに嫁にもろうてるわ。麿が女やったら、あのまま江戸に残ったわ」

照れもせず、近衛基熙が平松清麿のからかいを返した。

「参りましておじゃりまする。では、こちらへ」

「早うせいよ」

手を突いて踵《きびす》を返した平松清麿を近衛基熙が急《せ》かした。

「どうぞ、御所はんがお待ちでっせ」

戻ってきた平松清麿も砕けた口調で、三郎を促した。

「すまぬが、足が汚れておりますゆえ、濯《すす》ぎをお願いいたしたい」

旅塵《りょじん》を払いたいと三郎が求めた。

「おい、少目《しょうもく》」

平松清麿が、玄関で平然と立っている近衛家の小者に顔を向けた。

「嫌でっせ。わたいは従八位下《じゅはちいのげ》とはいえ、因幡《いなば》少目の地位におますねん。無位無冠の武家に尽くすなんぞできまへんわ」

小者が横を向いた。

五摂家ともなると門番や掃除の小者でも、初位《しょい》や従八位下くらいの官位を持っている。もちろん、名前だけで何一つ力はないが、それでも商人との宴席などで上座につけるくらいの権威はある。

「客でもか」

「関係おまへん。曾《そう》祖父が明智《あけち》の軍勢に殺されましてん。そこそこ裕福な呉服屋でしたのに。それで没落して今では喰《く》うや喰わずでっせ」

忌々しそうに小者が吐き捨てた。

「…………」

ちらと平松清麿が三郎を見た。

「…………」

無言で三郎もうなずいた。

「ほうか。つまり、おまえのほうが、このお方より偉いねんな」

「……な、なんですねん」

平松清麿の言いかたに、小者がなにかを感じたのか、すこし脅えた。

「このお方の名前は聞いたな」

門番小者である。最初に吉良三郎という名前は聞いている。

「それがどない……」

「従四位下侍従《じじゅう》兼上野介《こうずけのすけ》はんや」

まだ我を張ろうとした小者を、平松清麿が遮った。

「じ、侍従はん……」

小者が絶句した。

侍従はその字の通り、天皇家の警衛も兼ねる。そのため天皇の前でも帯刀が許された。その権威を傷つけたとあっては、八位なんぞ消し飛ぶ。

「濯ぎをせんかい」

「へ、へえ」

平松清麿に叱られた小者が、三郎だけでなく、小林平八郎からはては儀介にいたるまで、足を洗った。

「御所はんに報告するで」

「ご堪忍やあ」

冷たく言った平松清麿に小者が泣き声をあげた。

「平松さま。もうこれで」

三郎があまりいじめてくれないようにと止めた。

「しかたおまへんな。上野介はんによう感謝しいや」

「おおきに、おおきに」

言われた小者が、両手を合わせて三郎を拝んだ。

近衛家から放り出された小者に、先はない。近衛に睨まれるとわかって小者を雇う公家はいなかった。商家は放逐された理由を探ってから、問題ないとわからない限りは奉公人として受け入れない。主の客を粗末に扱ったとわかれば、どこの商家も手を振るどころか、塩を撒《ま》く。

　小者の豹変《ひょうへん》も当たり前であった。

「ああ、少目」

　三郎を先導して歩き出そうとした平松清麿が首だけで振り返った。

「吉良はんは、御所はんのお大事のお方や。次なんぞあったら、京におられへんなる覚悟をしいや」

「ひくっ」

　冷たく平松清麿に見つめられた小者が、腰を抜かした。

「ご無沙汰《ぶさた》をいたしております る」

「こちらこそ、あのときはお世話になりました」

　歩きながら話した三郎に、平松清麿が笑顔で応じた。

「権中納言《ごんのちゅうなごん》さまはお変わりなく」

「御所さまはお健やかでおじゃりまする」

　問うた三郎に平松清麿が答えた。

「畏《おそ》れ入りますけど、お控えを」

奥の間前の廊下で平松清麿が、三郎にも平伏を求めた。

「承知仕りましてござる」

三郎が額を床につけた。

「御所はん」

「うむ。開けや」

平松清麿の言葉に、なかから近衛基熙が応じた。

「…………」

襖《ふすま》が開かれた。

「よう参ったの。面《おもて》をあげてくれ」

近衛基熙が喜びの声で告げた。

「権中納言さまのおかげと存じあげておりまする」

「そんなもん、どっちゃでもええわ。とにかくこっちへ来い」

杓子《しゃくし》定規な挨拶《あいさつ》をした三郎に拗《す》ねたような顔を見せた。

「いいえ、もう互いに無位無冠ではございませぬので」

笑いを含めた文句を三郎が口にした。

「やっぱり、気に入らんか」

「不意討ちはいささか」

座敷と廊下で近衛基熙と三郎が遣《や》り合った。

「そのあたりも含めて、話しするさかい、なかに入り」

もう一度近衛基熙が誘った。

「では、遠慮なく」

三郎がようやく敷居を跨《また》いだ。

「では、わたくしはこれにて」

平松清麿が下がろうとした。

「清麿、皆の部屋を用意してんか」

「承知いたしております」

近衛基熙の指示に、平松清麿が笑いながら首肯した。

「あてにさせていただきましたが、よかったのでございましょうか」

「遠慮はやめてくれと申したであろうが。あのとき、友誼《ゆうぎ》を結んだ仲であろうが」

ていねいな三郎に、近衛基熙が手を振った。

「……あとで無礼者はなしだぞ」

「誰が言うか。あれから麿もちいとは剣術というのを学んできたけどなあ。あかん、合わんわ」

　釘《くぎ》を刺した三郎に、近衛基熙が苦笑した。

「剣術を学んだのか」

「ああ。近衛の先祖、前関白前久公《さきのかんぱくさきひさ》は、かの上泉伊勢守《かみいずみいせのかみ》から剣の技を伝授されたと伝わるんやで」

　驚く三郎に、近衛基熙が胸を張った。

「先祖ができても、子孫ができるとは限らないぞ」

　三郎があきれた。

「まったくやな。一応、伝手《つて》を使《つこ》うて京の新陰《しんかげ》流道場から、人を寄《よ》こしてもろうたんやけどなあ。刀は重いわ、振り回すとどこへ行くかわからんし、三カ月で止めた」

「怪我をする前でよかった」

　近衛基熙が首を振り、ほっと三郎が安堵した。

「ところで、本題に入ろうではないか」

　三郎が険しい顔で近衛基熙を見つめた。

「すまんのう。怒ってるか」

「怒ってはおらぬ。戸惑っているというのが正しいか」

申しわけなさそうな近衛基熙に、三郎が言った。

「戸惑ってる……」

近衛基熙が怪訝《けげん》そうな顔をした。

「そうだな。いずれは家を継ぎ、従五位上になり、そこから従四位にあがるものだと思っていた」

高家としての心構えとして、父吉良義冬から言い渡されてもいた。

「なるほどの。いずれは通る道やとはわかっていたんや」

近衛基熙が納得した。

「だからといって、それを納得はしておらぬぞ」

三郎が近衛基熙に先を促した。

「…………」

近衛基熙が、一瞬沈黙した。

「…………」

三郎もそれ以上は急かさず、近衛基熙が口を開くのを待った。

「……今上帝をな、担ごうとする阿呆《あほう》どもが出た」

近衛基熙が、苦く頬をゆがめた。

三

京の闇は濃い。

天下の中心たる江戸の闇も濃いが、いったところでまだ百年に満たない。闇は人の欲を呑《の》みこんで、年々濃さを増していくものだ。

平安《へいあん》に都となってすでに九百年に近い京の闇は、底知れぬ深さを持っていた。

「おもしろい噂を聞いたのでおじゃるがの」

月明かりさえも届かない建物の奥の部屋、蠟燭、灯明の一つもないそこに、いくつかの気配があった。

「噂……おもしろそうでおじゃるの」

かろうじて男とわかる声が闇に響いた。

「お聞かせ願おうかの」

また、別の声がした。

「では、語ろうかの」

最初の声が笑いを含んだ。

「本日の日暮れ前に、今出川門を武家が二人と小者が一人潜ったそうじゃ」

「武家が……今出川門を潜った……珍しいことではおじゃるが、ないことではないの」

歳老いた声が興味をなくしたという語調で嘆息した。

「たしかにの。まあ、不遜《ふそん》なことではおじゃるが、北の今出川門から入って南西の下立売御門《しもたちうりごもん》へと抜けていく、つまり近道をする者はままあった」

「それがの下立売御門には来ておらぬのじゃ」

「堺町御門《さかいまちごもん》は……他の御門は」

最初の声に、歳老いた声が問うた。

「すべてない」

「……ありえぬ」

否定した声に、歳老いた声が唖然とした。

「さて……噂には続きがおじゃる」

「焦《じ》らしな」

歳老いた声が怒りを見せた。

「ご老体、血を上らせては、卒中《そっちゅう》になりますぞえ」

別の声がからかった。

「やかましい。もう十分生きておじゃるわ」

歳老いた声が言い返した。

「まあまあ、外に声が漏れますぞ」

最初の声がなだめた。

「卿《けい》がさっさと言えばすむことじゃ」

「では……」

歳老いた声に急かされた声が一度、言葉を切った。

「その武士どもだがの、今出川御門を通った後、そのまま近衛に入ったそうだ」

「近衛か」

「むうう」

声たちが唸《うな》った。

「武士たちの名前はわからぬのか」

歳老いた声が問うた。

「門限をこえていたならば、名乗りを求められたがの。開いている刻限では、誰何《すいか》もできぬ」

最初の声が嘆息した。

「気になるの」

「たしかにの」

声たちが思案に入った。

「悩むほどのことではおじゃるまいに」

不意に闇のなかに、女の含み笑いが響いた。

「なにか手立てがおじゃるのか」

歳老いた声が訊《き》いた。

「簡単なことでおじゃろう。近衛の小者に少し金を握らせれば、さえずってくれようほどに」

女が述べた。

「誰にさせるのじゃ。顔を晒《さら》すことになるでおじゃるぞ」

「弾正《だんじょう》の卿《けい》」

女が呼んだ。

「麿か」

最初の声が応じた。

「卿なれば、今出川の門衛どもを使えよう」

「むっ。それは……」

言われた弾正の卿と呼ばれた男の声が曇った。

「昨日、貴家を訪ねた武家は誰じゃと訊かせるだけであろう。金なんぞ、小粒をいくつか握らすだけで小者は、炙《あぶ》られた蛤《はまぐり》のように口を開くぞよ」

楽しそうに女が言った。

「いたしかたあるまい」

弾正の卿が嘆息した。

「早速明日にでも命じよう」

「では、報告は明日か」

歳老いた声が尋ねた。

「どうなるかわからぬぞ。素直に小者が答えるかどうかもある。三日後にしていただきたい」

「三日後か……」

「それくらいでよいのではないかの」

一同が合意した。

「では、妾《わらわ》は寝やる」

そう言って、女が暗闇を終わらせるように襖を開け、出ていった。

「白尾の狐……」

「妲己《だっき》とは、まさにあれじゃな」

「知っておったか。女は男よりも地位にこだわるのでおじゃるぞ」

出しなに、ゆらりと揺れたおすべらかしの髪が、禍々《まがまが》しい尾に見えたと、三人が苦笑した。

「どれ、麿も帰る」

「なれば」

「これまでということで」

男たちも去った。


三郎は、与えられた部屋で、一人座っていた。

「愚か者どもが……」

近衛基熙からきかされた話のお陰で夕餉《ゆうげ》の味もわからなかった。

「もう少し思い出話をしたいところじゃが、無理のようじゃな。今宵は早めに休むがいい」

　三郎の様子を見た近衛基熙が、早めの退出を許してくれた。

「……なぜ、吾に」

　敷かれていた夜具のうえに転がり、天井を見あげた三郎が独りごちた。

「高家だからか」

　結論はそこに行き着く。

　高家は武家のなかの公家といえる。と同時に公家のなかの武家ともいえる。

　つまり、吉良家を筆頭とする武家高家、日野《ひの》家を代表とする公家高家である。だが、どちらも幕府と朝廷の仲立ちをするのが役目であった。

　いや、朝廷に幕府の意志を押しつけるのが仕事といってもいい。日野家のような本家が京にある公家高家でも、根本はそこに置く。

いくら本家の命、朝廷の意志といえども、それに重きを置いていると、幕府から見放される。

「主が誰かわからぬような愚かな者は不要である」

　高家の役目から外されるだけならまだしも、

「そんなに朝廷がありがたいならば、そちらへ帰るがよい」

放逐されることもあり得る。

幕府から与えられた二万石ていどの所領で朝廷は、天皇の生活を賄い、公家たちの禄を支払っている。もちろん、五摂家や清華家《せいが》、名家《めいか》、羽林《うりん》などの高位公家は、もとの荘園の一部を今も持っている。近衛家の摂津《せっつ》川辺《かわべ》周辺などがそうだ。他にも、名門公家には、特権がいくつかあった。歌道や蹴鞠《けまり》などの家元としての免状発行権や、商売における専売権の認可などである。

これらの収入で高位の公家は幕府に頼らずとも生きていける。

だが、なにもない半家《はんけ》や諸大夫《しょだいぶ》家など家禄も百石から二百石と少ないうえ、特権を持っていても有職故実《ゆうそくこじつ》や神楽《かぐら》では収入も知れている。その者たちを抱えている朝廷が、身びいきしすぎで幕府から放逐された公家高家を受け入れる余裕はない。

先はないとわかっているだけに、公家高家も最後は幕府側に立つ。

ようするに、高家は朝廷にとって信用できる相手ではないということだ。

「従四位は前渡しか……」

三郎は嘆息した。

「すまぬ。麿には三郎しか思いつかなかった」

いずれは関白という極官《きょっかん》に就く近衛基熙が、三郎の前で頭を下げた。その光景を三郎は思い出した。

「公家は人たらし」

父から教えられた高家の心得のなかにある注意の一つである。

「武力を捨てた公家は、代わって権威を身に着けた。そして権威は人を惹《ひ》きつける魅力である」

吉良義冬が三郎に語った。

「吾としては、友と言うてくれる近衛さまのお力になりたいと思うが……」

三郎が夜具の上に座った。

「……明るいな」

窓障子が燭台《しょくだい》をこえる光を部屋に通していた。

「…………」

立ちあがった三郎は、襖を開けた。

「風に逆らうと吹き飛ばされる。風に乗れか」

華蔵寺の住職に言われたことを三郎は思い出していた。

「……寒い」

夜の身を切るような寒気に三郎が両手で己を抱いた。

「……そうか、今宵は十六夜か」

三郎はほとんど欠けのない月を見あげた。

「どこで見ても月は月か……」

「ただし、見る者によって月は表情を変えるぞ」

呟《つぶや》いた三郎に、声がかかった。

「権中納言さま」

「多治丸《たじまる》でよいと申したであろう」

官名で呼ばれた近衛基煕が不満げに返した。

「……他に人がいないときだけで」

「かまわぬ」

条件をつけた三郎に、近衛基煕がうなずいた。

「幼名で呼んでくれる者がいのうなってな」

「当たり前でございましょう。権中納言さまを幼名で呼べるのは、主上と中宮《ちゅうぐう》、上皇さまくらいかと」

「公式でなければ、まずお目にかかれぬわ」

さすがに公式の場で権中納言を幼名で呼ぶわけにはいかない。それは朝廷の官名という権威を崩すことになる。

「眠れぬようじゃな」

近衛基熙が問うた。

「……………」

無言で三郎が近衛基熙を睨んだ。

「……すまぬ。が、国のためじゃ」

「それはわかっている。だが……いや、これは言えぬ」

頭を下げる近衛基熙に苦情を続けかけて、三郎が瞑目《めいもく》した。

「どうした。罵《のの》られる覚悟はしておるぞ」

近衛基熙が首をかしげた。

「吾より若い多治丸が、必死なのだぞ。吾が若輩に巻きこむなと言うては、あまりに情けないではないか。それがよき風であることを祈るだけじゃ」

三郎が矜持《きょうじ》を見せた。

「……………」

感慨深い目で近衛基熙が三郎を見つめた。

「どうした」

思わず三郎が尋ねた。

「いや、兄者というのは、こういうものなのだろうと……」

「頭でも撫《な》でて欲しいのか」

月よりもきらめく瞳《ひとみ》で見つめる近衛基煕に、三郎がからかいの言葉を投げた。

「頭を撫でてもらう……五年前に上皇さまにしていただいて以来じゃ」

「………」

うれしそうに頭を差し出す近衛基煕に、三郎は何とも言えない顔で手を伸ばした。

「頭《つむり》に触れるなど、無礼千万などと言うなよ」

念を押しながら、三郎は近衛基煕の頭をそっと撫でた。

「………」

近衛基煕が目を閉じた。

「……もう、よい」

しばらくして近衛基煕が、目を開けた。

「そうか」

大人しく三郎は、近衛基煕の指示に従った。

「……吾にできるとは言わぬ」

三郎が決心したように口を開いた。

「父の意見を聞かねばならぬ。申しわけないが、今の吾は高家見習いとも言えぬ状況じゃ。とても御上を動かせはせぬ」

「わかっておる」

近衛基熙がうなずいた。

「ただ、説得はする。できうるかぎり、父に話をする」

「助かる」

三郎の決意に、近衛基熙が礼を述べた。

「このような話、とても書状で遣り取りはできぬ。装束の手配ができ次第、江戸へ帰る」

「……残念だが」

近衛基熙が認めた。

「できた装束は預かってくれ」

「よいのか」

告げた三郎に、近衛基熙が訊いた。

「また、泊めてもらいに来る」

「待っておる」

二人が笑い合った。

四

翌朝、近衛家の門番因幡少目が、いつものように屋敷の前を掃除し始めた。

「ああ、ちょっとええかいな」

すっと今出川門の門衛が近づいてきて、声をかけた。

「衛門少志《えもんのしょうし》はんか。なんぞ当家に御用かいな」

竹箒《たけぼうき》を止めて因幡少目が、問うた。

「近衛はんやない。おまはんに用があるねん」

「わたいに……」

衛門少志の言葉に、因幡少目が驚いた。

「ちいと訊きたいことがあんねんわ」

そう言いながら衛門少志が因幡少目のすぐ側に寄った。

「な、なんや」

誰でも咎人を扱う刑部《ぎょうぶ》や検非違使《けびいし》に近寄られれば緊張する。

因幡少目が、脅えた。

「昨日、近衛はんのお屋敷に、武家が入っていったやろ。ああ、見てたから、ごまかしは利かへんで」

衛門少志が声を潜めた。

「で、誰や。なにしに来たんや」

「たしかに来たけど、名前までは知らん」

問われた因幡少目が、首を横に振った。

「嘘ついたらあかんがな。門番が来客の名前を訊かんはずないやろ」

「…………」

問い詰められた因幡少目が、口をつぐんだ。昨日、平松清麿から叱られたばかりなのだ。

「強情やなあ。しゃあない」

衛門少志が、懐から小さな布袋を出した。

「ほれ、手だし」

「なんや」

「ええから手だし」

怪訝な顔をした因幡少目を、衛門少志が促した。

「……これは」

掌《てのひら》に小粒金が一つ載っていた。

「誰やった」

「ふう」

金を目にした因幡少目が、息を吐いた。

「なんや」

雰囲気の変わった因幡少目に、衛門少志が疑わしそうな顔をした。

「これだけで主家を売れと言うんかいな」

「なっ」

もっと出せと言った因幡少目に衛門少志が顔色を変えた。

「捕まえてもええねんぞ」

「なんの罪や」

「それは衛門少志の指示に……」

口の端をゆがめた因幡少目に、衛門少志が詰まった。

「捕まえてもええけどなあ。きっちり御所はんから、弾正尹はんに文句がいくで」

「…………」

上司を巻きこむぞと告げられた衛門少志が黙った。

「出せるだけだし」

「くそっ。久しぶりに脂粉《しふん》の香《か》を嗅《か》げるかと思うたのに」

催促した因幡少目に、衛門少志が不満を露わにした。

「……ほれ、こんだけや」

小粒金を合わせて四つ、衛門少志が因幡少目の掌に置いた。

「なんや、こんだけかいな」

「文句言うな」

「これだけやったら、教えられるのは江戸から来たと言うことだけやな」

三郎の名前を因幡少目は出さなかった。

「強欲が過ぎるで」

因幡少目の答えに、衛門少志があきれた。

「この三倍はもらわんとな。そない、金主に伝えてや。ほれ、駄賃や」

もっとも小さな小粒金を因幡少目が、衛門少志に押しつけた。

「言うてみるけどなあ。叱られるのはわたいやぞ」

「叱られただけで、小粒一つや。祇園《ぎおん》の遊女は無理でも、木屋町《きやまち》の茶屋女やったらどうにかなるやろう」

不満げな衛門少志に、因幡少目が笑った。

「……そうやな」

「出してくれるように、気張りや」

因幡少目が、手を振った。


衛門少志は、その足で弾正台の詰め所である旧典薬寮《てんやくりょう》の建物へと向かった。

「来たか」

弾正台の長官は、弾正尹と呼ばれ従三位相当とされていた。しかし、武士が台頭したことで弾正台の役目が形骸《けいがい》化した結果、権力はなくなり、今では大納言任官のおまけのような扱いになっている。

「尹さま」

衛門少志が頭《こうべ》を垂れた。

「どうであった」

ねぎらいもなく、弾正尹が急かした。

「……そのまま言わせてもらいます」

「それでいい。で、誰やと」

一瞬だけ鼻白んだ衛門少志が弾正尹へ許可を求め、すぐに応じられた。

「江戸から来た」

「たったそれだけか」

「それ以上を知りたかったら、小粒をあと三十個持ってこいと」

しっかり衛門少志が数を上乗せしていた。

「足下につけこみおって……そちがなにかしくじったのであろう。たかが従八位下の雑仕《ぞうし》なぞ、衛門少志の尋問に耐えられるはずはないやろ」

「近衛さまに告げると」

「…………」

そういう質問があったと近衛基熙に知られるのはまずい。弾正尹が黙った。

「どないします」

「……あと小粒三十個か。小判一枚ですませぬか」

弾正尹が値切りにかかった。

小粒金はその名前の通り、金に混ぜものをしたものを適当な大きさで冷やして作る小石のような形をしている通貨である。当然、大きさや重さにばらつきがあり、一個ごとに価値が違った。

とはいっても金である。一個で少なくとも二百五十文くらいはする。昨日渡した五つで一千二百五十文、およそ一分ほどになった。

それが三十個となれば、少なくとも二両近い金額になる。

「半分でっせ、首を縦に振るとは思えまへん」

小判一枚あれば、かなり贅沢《ぜいたく》な思いができる。因幡少目はそれでいいと言うかも知れないが、そうなればわざわざ小判を崩してまで、衛門少志にお駄賃をくれるはずもない。

小粒金なればこそ、二つや三つ懐に入れられる。

衛門少志が渋った。

「それでなんとかせい。でなければ、そなたが払え」

「ご冗談を」

無理を押しつけてきた弾正尹に、衛門少志が表情を変えた。

「なんや、麿の命が不満か」

「…………」

振り向いて衛門少志が弾正台から出ていこうとした。

「待ち、どこへ行くねん」

「仕事に戻りますわ。わたいは今出川御門の番人でっさかい」

「麿に逆ろうて、衛門少志がやっていけるとでも」

命令を拒んだ衛門少志へ弾正尹が脅しをかけた。

「衛門少志を辞めさせられたら、近衛はんにお願いして門番でもさしてもらいますわ」

「……なっ」

見事な切り返しをした衛門少志に、弾正尹が絶句した。

「ぶ、無礼な」

いなくなった衛門少志に弾正尹が憤怒《ふんぬ》した。

「覚えておれよ。いずれ痛い目を見せてやるわ」

弾正尹が罵った。

「しかし、これ以上はまずいか。無理をして近衛に気づかれてはどもならん」

小さく弾正尹が嘆息した。

「江戸者か。それやったら、あんまし長くは京におれんはずや。近衛の屋敷を出たところで……いや、それでは近衛に介入される。そうや、門を出たところで検非違使に不審ありで、引っ張らせるか」

弾正尹が呟いた。

検非違使は京洛の治安を担当するための役目であるが、鎌倉幕府《かまくら》が六波羅探題《ろくはらたんだい》を置いたことで形だけのものとなっていた。衛門府《えもんふ》の管轄を受けるが、役目に官位がつけられておらず、手当も付かないため、やる気は朝廷のなかでももっとも低い。

「弾正台への引き抜きで誘えば、言うことを聞くであろう」

金を惜しんだ弾正尹が、独りごちた。

五

装束ができるまでには、かなり手間がかかる。なにせ、それぞれの身体に合わせて絹を裁断し、縫い合わせなければならない。それも裃《かみしも》のような一枚板のような構造ではないのだ。

「狩衣《かりぎぬ》でっか」

近衛家出入りの装束師が、屋敷へ来て採寸した。

「本来は侍従やさかい長直垂《ながひたたれ》やねんけどな。まだ家督前で父親が同じ四位の左少将兼侍従やさかい遠慮して狩衣でいく」

その辺りは若いとはいえ近衛基熙が詳しい。

「将来長直垂にでけるような工夫もしてやってくれや」

近衛基熙が気を利かせてくれた。

最初の重い話題の後、二人は普段の話をして親交を深めていた。そのなかに金がなくて在所から借りたという話もあった。

「四千二百石も世知辛いもんやな」

「高家はどうしてもつきあう相手が、公家方か従四位以上の大大名になるゆえの。身上以上のまねもしなければならん」

慰めてくれる近衛基熙に、三郎がため息を吐いた。

「まあ、塩があるだけましだ」

塩は売れる。とくに山間《やまあい》に持っていけば、そこそこの値が付く。

「ええなあ。塩。京は若狭《わかさ》か、赤穂《あこう》から運ばれてくるさかい、結構高い。献上もあるけど、とても足らんわ」

江戸への往復が興を呼んだか、近衛基熙はあれ以来巷《ちまた》のことを学ぶようにしていた。

「送る」

公家の褒め言葉は、それをくれとの意味だと三郎は吉良義冬から教えられていた。

「助かるわ」

近衛基熙が笑った。

「まだ大きくはないがな。吉良の領内にある浜は小さくて、とても塩田を大きく拡げるわけにはいかぬ。塩作りに適しているのは、大河内松平《おおこうちまつだいら》家の飛び地三河《みかわ》の吉田村浜じゃ。隣り合っているだけにうらやましい」

大量に要求されないよう、三郎が釘を刺した。

「塩作りというのは手間がかかるものなのか」

「ちらと見ただけゆえ、よくわからなかったが、村長の説明では、細かな砂を敷きつめた浜辺に、桶《おけ》に汲《く》んだ海水を扇のように拡げて撒き、天日で乾かす。それを何度も繰り返して、塩気の濃くなった砂から垂れた水を集めて、釜《かま》で煮詰める。こうして鍋《なべ》の底に塩が残る。しかし、これだけでは海の塩独特の苦みが残っている。この塩をまた水に溶かし、煮詰めてはまた水を加えを繰り返す。こうして苦みの抜けた塩を作る」

「手間がかかるものじゃの。たしかに淡海《あわうみ》の水は青臭いだけじゃが、東海道《とうかいどう》沿いの海の水は渋かったわ」

近衛基熙が納得した。

「塩水を飲まれた……と」

三郎も塩田で味見をするまで、海の水を口にしたことはなかった。武士は、とくに騎乗する身分ともなると水練をしない。泳ぐのは端武者の仕事であり、三郎たちが学ぶのは馬を使っての川渡りであった。

「京には海がないさかいなあ。旅でもせんとでけへんやろ」

「よくぞ、清麿どのが許されたものよ」

「腹を下さんかと心配して、泣きそうな顔をしておったわ」

あきれる三郎に、からからと近衛基熙が笑った。

その礼なのか、近衛基熙は出入り装束師を招き、その採寸に立ち会ってくれた。

「色はどないします」

「…………」

「狩衣は好きにできるけどなあ、長直垂にしたときな、使えん色があんねん。将軍が使う葡萄色《えびいろ》、御三家と将軍世子の緋色《ひいろ》、あと浅黄《あさぎ》は二代秀忠《ひでただ》公が、萌黄《もえぎ》は三代家《いえ》光《みつ》公が好んで使われた色やさかい、できたら使わんほうがええ」

困った三郎に近衛基熙が告げた。

「どのようなものがよかろう」

三郎が近衛基熙に助けを求めた。

「そうやなあ……」

近衛基熙が上から下へと三郎を見た。

「若いさかいなあ、あまり薄いと浮いてまうし……鼠色あたりが無難やと思うなあ。かといって、利休鼠《りきゅうねず》やと渋好みすぎるしなあ。軍勝《ぐんかち》鼠あたりかな」

「軍勝とは縁起のいい名前よ。それにしようぞ」

「へえ。承知しました」

装束師が承諾した。

「大帷子《おおかたびら》はどないします」

「……大帷子」

三郎が怪訝な顔をした。

「狩衣に大帷子は使わぬはずだが……」

「長直垂のときには使いますねん」

三郎の疑問に装束師が答えた。

「……今は止めておこう。吾もまだ大人とは言い切れぬでな。長直垂を身に着けるころには、もう少し身体付きも変わっておろう」

「へえ。ほな、それで」

少しでも費えを減らしたい三郎が首を横に振り、了承した装束師が去っていった。

「色々と小物もあるのだな」

三郎が思ったよりもときがかかったことに疲れた顔を見せた。

「しかたなかろう。装束は禁中で身分を表すものじゃ。遠くから見た瞬間に、相手が己より上か下かの格を判断し、ふさわしい対応を執らねばならぬ」

「…………」

「面倒だと思っておろう」

無言で息を吐いた三郎に、近衛基熙が笑った。

「武家のせいじゃぞ」

近衛基熙があきれ顔を見せた。

「なぜ……」

「武家が公家から政《まつりごと》を取りあげた。その結果、やることがなくなった公家が、礼法じゃ、作法じゃと言い出した。そうすることで武家を礼儀作法さえ知らぬ鄙者《ひなもの》と笑った。いや、そうすることで、不満を解消しようとしたのよ」

「力だけの、雅《みやび》さもない者……」

「ようは獣《けだもの》と見下すために、公家が知恵を絞ったのだ」

ため息を吐いて、近衛基熙が続けた。

「そして、悪いことに、武家は公家に憧《あこが》れた。公家になろうとした。愚かよなあ、武家には武家の道がある。なにも公家のまねをせずともよいものを、わざわざ公家の作った決まりに縛られようとしてきた」

「…………」

三郎は呆然《ぼうぜん》と聞くしかなかった。

「はっきり言うぞ。高家なんぞ作らなければよかったのだ」

「なにをっ……」

三郎が驚愕《きょうがく》した。

「高家を使って朝廷を圧しているつもりだろうが、高位を与えられた段階で朝廷の位階の中に取りこまれた。いわば、我らの土俵に引きずりこまれたのだ。そこでは、公家の決まりが幅を利かす。武家のやりようは通用しない」

「…………」

近衛基熙の話に、三郎はなにも言えなくなった。

「では、どうすればよかったのか。簡単なことだ。京都所司代だけに交渉させればよかった。京都所司代は武家だ。つまり、武家の論理で動く。動かねばならぬ。そして、それに朝廷は苦情を付けられぬ。文句を言える度胸は朝廷にはない。それこそ、朝廷に兵を向けられれば、我らに対抗はできぬ」

「武で圧せよと」

「そうすべきだったのだ。朝廷は力を持たぬ。だから天下の政を奪われた。その政を武士は力ずくで奪って来た。だが、誰もが天下を獲ると朝廷にすり寄ってくる。豊太閤《ほうたいこう》も徳川《とくがわ》家も、いや、足利《あしかが》家もそうであった。延々と血を繋いできた天皇家に倣い、永久に己の血が天下の武士の統領であり続けることを願い、武力ではなく、礼儀礼法で天下を縛ろうとしている」

「…………」

「それもわかる。だが、それは朝廷の二の舞を踏むことだ。たしかに豊太閤も神君《しんくん》家康《いえやす》公も天下を獲るだけの力量があった。だが、子供がかならずそうなるわけではない。まだ息子くらいならば、吾が手で育て、そこそこの者にはできようが、孫や曾孫《ひまご》はどうだ。育てあげようにもとても生きてはおれまい。それがなにを意味する」

不意に近衛基熙が質問を投げてきた。

「天下を治めるだけの器量がない将軍……」

震えながら三郎が口にした。

「そうだ。徳川家はいや、家康はそれを怖れた。力なき者の天下など、食い倒されるだけだとな。なにせ己が豊太閤の息子秀頼《ひでより》を嚙《か》み破って、後顧の憂いを断ったのだ」

「武力の代わりに権威を据えようとした」

「ああ」

呟くような三郎に、近衛基熙がうなずいた。

「家康が秀忠を後継にしたとき、公家は快哉《かいさい》をあげたと聞いた。家康には、秀忠より武に優れた子供が何人もいた。次男結城秀康《ゆうきひでやす》の武力は天下に知れていたし、四男忠吉《ただよし》は関ヶ原《せきがはら》で島津《しまづ》の一門を討ち果たしている。残念ながら忠吉はそのときの傷がもとで死んだがの。他にも六男忠輝《ただてる》もいた。そのなかでなぜ、秀忠だったのか。簡単なことだ。秀忠だけが武を誇れなかった。真田《さなだ》づれにかかずって、決戦に遅参した秀忠だぞ。関ヶ原で活躍した弟や、豊太閤にして扱えぬと匙《さじ》を投げられたほどの武を誇る秀康に挑めるわけはない。秀忠は権威にすがるしかないわ」

「……ごくっ」

聞いていた三郎が口の渇きに思わず、唾《つば》を呑んだ。

「こうして徳川は朝廷に組みこまれることを選んだ。つまりは、朝廷を潰《つぶ》せなくなった。どれだけ腹が立とうが、朝廷を潰した途端、徳川の持つ権威も消え去るのだからの」

「むうう」

三郎は唸った。

「朝廷としては、織田信長だけはよろしくなかったのよ。あやつは己の権威以外を認めていなかった。朝廷が右大臣だとか征夷大将軍《せいいたいしょうぐん》だとかを餌に取りこもうとしても、信長は引っかからなかった。本能寺《ほんのうじ》の変が起こり、織田信長が明智光秀《みつひで》に討たれたときは、皆そろって安堵したと、上皇さまより伺った」

「まさか……」

「さあの。麿も上皇さまにお訊きしたが、笑っておられるだけであったわ」

朝廷が本能寺の変をおこさせたのかと尋ねた三郎に、近衛基熙が首を横に振った。

「死人の話をいくらしてもせんないゆえ、ここで終わろう」

本能寺の変が本題ではないと近衛基熙が話を戻した。

「色々あって徳川家が天下を獲り、そして朝廷の仕組みに自ら入りこんだ。だからこそ高家ができた。京都所司代ではやり過ぎる。あれは京を奪われぬようにする、見張るのが仕事。それを穏やかにするためにの」

「高家は飾り……」

三郎が息を呑んだ。

「もし本気で高家に朝廷を押さえさせるならば、少なくとも三万石の大名でなければなるまい。それもすぐに京へ兵を送れる近江《おうみ》、摂津、大和《やまと》、丹波《たんば》あたりに領地を与えてな」

三万石ならば、三百名以上の兵を動員できる。それだけあれば、朝廷を制圧するのは簡単であった。

「力のない権威だけの家。高家はそう定められた。なにせ高家といったところで、従四位でしかない。朝廷に従四位は嫌ほどいる。はっきりいって高位扱いはされぬ。そんな高家に幕府はなにを求めるのだ」

「…………」

三郎は答えを持っていなかった。

「朝廷では従三位をこえて堂上《とうしよう》家になって、やっと人扱いされる。三位になれば、帝《みかど》と直接お話をさせていただくことも容易になる」

近衛基熙が話を変えた。

「まさか……」

その意味するところを三郎は悟った。

「わかったかの。嫡男での従四位下侍従、それは家督を受け継いだとき従四位上参《さん》議《ぎ》になる。そして何年か経てば正《しよう》四位。知っておるか、三郎。正四位は従三位の空き待ちの位階で、いずれ昇階するのが慣例。そして朝廷はこの慣例を無視できぬ。無視すれば、己たちの有り様を否定したことになるだろう」

近衛基熙が笑った。

「堂上になれと」

「何年かかるかはわからぬ。だが、麿はまちがいなく関白になる。そのとき、三郎は麿を助けてくれねば困る。魑魅魍魎《ちみもうりよう》のすむ、いや、巣窟《そうくつ》である禁裏に麿が心から頼れる者として、幕府という力を麿に貸せる者として」

「多治丸……」

三郎が引きこまれた。

「桃園《とうえん》ではないが、我らも兄弟である。血より濃い生死の境を供に潜り抜けた者どうしとして、生涯の誓いをなそう」

「多治丸の願いはなんだ」

怖れを感じて、三郎が問うた。

「天下の安寧」

「なんと大きな」

近衛基熙の答えに三郎が驚いた。

「そうか。天下が穏やかでなければ、五摂家でございとふんぞりかえっておられまい。近衛家が代を継いで行くには、朝廷が安泰でなければならぬ。そして幕府が平穏でなければなるまい」

「ようは、己の安全のためか」

「三郎もそうであろう」

近衛基熙がため息を吐きそうな三郎を咎《とが》めるような目で見た。

「公家も武家も、いいや、すべての者は血筋を継ぐことを願っておろう」

「家を続けることこそ、武家の使命ではあるな」

三郎も同意した。

「そのためには天下が落ち着いていなければなるまいが」

「たしかに」

「武士は争いで手柄を競った。三郎、またそれをしたいか」

「……手柄か。吉良をもっと大きな身代にしたいとは思うが……戦は御免だ。命の遣り取りなんぞ、御免蒙《こうむ》りたい。人は生きていてこそだからな」

「であろう。麿も品川《しながわ》でそれを知った。人を殺そうとする悪意なんぞ、この世にあってはならぬものよ」

「そうなるというのだな」

「なる。皇位というのは天下を揺るがす。確実に幕府にも影響は出る」

確かめた三郎に、近衛基熈ははっきりとうなずいた。

「すでに決まった話でもか。後光明天皇のご遺志であろう。高貴宮《あてのみや》さまへのご継承は勅意のはず」

「勅意は今の主上の出されるものが優先される。でなくば、朝廷は神武帝の御世のままでなければならぬ」

「幕府が認めぬぞ。当歳の高貴宮さまのご即位を認めなかったが、正統な継承は後光明天皇さまがご遺志に沿った高貴宮さまだと幕府は認識している。高貴宮さまがおふさわしいお歳頃になられたら、譲位はおこなわれると思っている」

三郎が首を横に振った。

「今の京都所司代が誰かは知っているか」

「牧野佐渡守《まきのさどのかみ》であろう」

問われた三郎が答えた。京都所司代と高家は役目におけるつきあいも深い。知っていて当然であった。

「その前は」

「板倉右少将《いたくらうしょうしょう》さま」

「右少将が京都所司代を退いた後も、洛中に留《とど》まり、佐渡守に一年近く執務について教えていたのは」

「知らぬ」

三郎が首を横に振った。

「その右少将と後光明天皇さまには、確執があったのだ」

「まさか……京都所司代といえば、朝廷の監察役であるぞ。その所司代がときの主上さまともめるなど……」

聞いた三郎が目を大きくした。

「まだ後光明天皇さまが、ご即位なされて間もないことだと聞いている。おもしろそうに、後水尾《ごみずのお》上皇さまがお語りくだされた。後光明天皇さまは、後水尾上皇さまによく似ておられ、武張ったことがお好みで、若いころから剣術を学んでおられた。それを御所の主となられてからも続けられ、毎朝、主上の気合が朝堂にまで響いていたとか。それを知った板倉右少将が、神ごとを司《つかさど》る今上さまが武術を嗜《たしな》まれるなど、江戸へ聞こえましたら、よろしくありませぬ。そのようなことになれば、わたくしめが腹を切っておわびせねばならなくなりまするとお諫《いさ》め申した」

「たしかに主上が武を好まれるのを、幕府は嫌がろう」

朝廷は幕府に天下安寧を預けている。つまり、朝廷は武とはかかわらないと宣言しているのだ。その朝廷の最上たる天皇が剣術を学ぶのは、あまり奨《すす》められたことではなかった。

「問題はそのお返しじゃ。後光明天皇さまは、諫言《かんげん》した右少将に、朕《ちん》はいまだ武家の切腹というものを見たことがない。南殿《なんでん》に壇を築くことを許すゆえ、そこで切腹せよとお返しになられた」

「なんと、豪儀な」

三郎が驚愕した。

「腹を切らねばならぬと言って、場所は用意してやるから切れと返されたらどうする。まさかに面当てのように腹は切れまい」

「切れぬな。そんなことをすれば、京都所司代の名前は地に墜《お》ちる」

天皇の冗談で、板倉右少将が死んだ、これも前例になる。

「右少将はなにも言えずに、御前《おんまえ》を下がるしかなかったが、大恥じゃ。脅すつもりが脅し返されて引くしかなかったのだからの。さて、その右少将の教えを受けた今の所司代はどう思うかの」

「後光明天皇さまをよくは思うまい」

「であろう。そして右少将は、京を去ったあと江戸へ戻り、将軍の補佐を務めて、老中《ろうじゅう》や大政参与《たいせいさんよ》には任じられなかったが、重用されたという」

「…………」

三郎が絶句した。

「それを踏まえて考えてみよ。先年、麿が江戸へ行き、後光明天皇さまのお望みである高貴宮さまへの継承を幕府が認めなかったのは……」

「後光明天皇さまのご遺志が高貴宮さまに受け継がれるのを避けた」

「…………」

　無言で近衛基熙が肯定した。

「幕府は高貴宮さまが至高の座に就かれることを望んでいない。そう取った愚か者が、京にはいる」

「むう」

「高貴宮さまへのご譲位、うまくいくと思うか」

「いくまい」

　三郎が首を左右に振った。

「京で血が流れる。そしてそれは天下に波及する」

　そこまで言った近衛基熙が、三郎を見つめた。

「頼む、三郎。助けてくれ」

「…………」

　頭を垂れた近衛基熙に、三郎は沈黙するしかなかった。

本書は書き下ろしです。

高《こう》家《け》表《ひょう》裏《り》譚《たん》3

結《けつ》盟《めい》

上《うえ》田《だ》秀《ひで》人《と》

令和3年 3月25日　初版発行

発行者●堀内大示

発行●株式会社KADOKAWA
〒102-8177　東京都千代田区富士見2-13-3
電話　0570-002-301（ナビダイヤル）

角川文庫 22605

印刷所●株式会社暁印刷
製本所●本間製本株式会社

表紙画●和田三造

●お問い合わせ
https://www.kadokawa.co.jp/（「お問い合わせ」へお進みください）
※内容によっては、お答えできない場合があります。
※サポートは日本国内のみとさせていただきます。
※Japanese text only

ISBN 978-4-04-110898-7　C0193

◇◇◇

角川文庫発刊に際して

角川源義

第二次世界大戦の敗北は、軍事力の敗北であった以上に、私たちの若い文化力の敗退であった。私たちの文化が戦争に対して如何に無力であり、単なるあだ花に過ぎなかったかを、私たちは身を以て体験し痛感した。西洋近代文化の摂取にとって、明治以後八十年の歳月は決して短かすぎたとは言えない。にもかかわらず、近代文化の伝統を確立し、自由な批判と柔軟な良識に富む文化層として自らを形成することに私たちは失敗して来た。そしてこれは、各層への文化の普及滲透を任務とする出版人の責任でもあった。

一九四五年以来、私たちは再び振出しに戻り、第一歩から踏み出すことを余儀なくされた。これは大きな不幸ではあるが、反面、これまでの混沌・未熟・歪曲の中にあった我が国の文化に秩序と確たる基礎を齎らすためには絶好の機会でもある。角川書店は、このような祖国の文化的危機にあたり、微力をも顧みず再建の礎石たるべき抱負と決意とをもって出発したが、ここに創立以来の念願を果すべく角川文庫を発刊する。これまで刊行されたあらゆる全集叢書文庫類の長所と短所とを検討し、古今東西の不朽の典籍を、良心的編集のもとに、廉価に、そして書架にふさわしい美本として、多くのひとびとに提供しようとする。しかし私たちは徒らに百科全書的な知識のジレッタントを作ることを目的とせず、あくまで祖国の文化に秩序と再建への道を示し、この文庫を角川書店の栄ある事業として、今後永久に継続発展せしめ、学芸と教養との殿堂として大成せんことを期したい。多くの読書子の愛情ある忠言と支持とによって、この希望と抱負とを完遂せしめられんことを願う。

一九四九年五月三日

角川文庫ベストセラー

切開
表御番医師診療録1
上田秀人

表御番医師として江戸城下で診療を務める矢切良衛。ある日、大老堀田筑前守正俊が若年寄に殺傷される事件が起こり、不審を抱いた良衛は、大目付の松平対馬守と共に解決に乗り出すが……。

縫合
表御番医師診療録2
上田秀人

表御番医師の矢切良衛は、大老堀田筑前守正俊が斬殺された事件に不審を抱き、真相解明に乗り出すも何者かに襲われてしまう。やがて事件の裏に隠された陰謀が明らかになり……。時代小説シリーズ第二弾！

解毒
表御番医師診療録3
上田秀人

五代将軍綱吉の膳に毒を盛られるも、未遂に終わる。表御番医師の矢切良衛は事件解決に乗り出すが、それを阻むべく良衛は何者かに襲われてしまう……。書き下ろし時代小説シリーズ、第三弾！

悪血
表御番医師診療録4
上田秀人

御広敷に務める伊賀者が大奥で何者かに襲われた。表御番医師の矢切良衛は将軍綱吉から命じられ江戸城中から御広敷に異動し、真相解明のため大奥に乗り込んでいく……書き下ろし時代小説シリーズ、第4弾！

摘出
表御番医師診療録5
上田秀人

将軍綱吉の命により、表御番医師から御広敷番医師に職務を移した矢切良衛は、御広敷伊賀者を襲った者を探るため、大奥での診療を装い、将軍の側室である伝の方へ接触するが……書き下ろし時代小説第5弾。